달에서 온 편지

달에서 온 편지

글·그림 조규찬

이른아침

유월에 들어서면서
배스의 입질이 현저히 줄어들었다

배스들에게 외면당한 텍사스 리그는 내 맘을 태운다.

텍사스 리그는 루어 낚시의 여러 가지 채비법 중의 하나다.

그것은 꼬리를 움직이며 헤엄치는 물고기나 뒷걸음질 치는 가재의 모습을 연출함으로써 배스를 현혹하여 잡아내는 기법이다. 이는 미끼를 달아 던져두고 찌를 응시하는 붕어낚시와는 달리, 리얼한 미끼의 움직임을 연출하기 위해 끊임없이 낚싯대를 흔들고 릴을 감는 동작을 반복해야 함을 의미한다. 목은 타들어가고 머리는 뜨거워지고 물에 반사된 강한 햇빛에 눈조차 뜨기 어려운 상황에서, 단 한 번의 입질도 못 받고 이런 과정을 열심히 반복하다보면, 내가 지금 뭘 하고 있나 하는 한심한 생각이 들기도 한다.

그럼에도 불구하고 또 다시 캐스팅을 하는 건, 짧았던, 하지만 짜릿했던 배스의 당찬 손맛을 잊지 못하기 때문이리라.

삶도 그러하다. 살아가기 위해 해야 할 일이 너무 많다.

행복의 순간은 한 줄기 바람처럼 잠시 머물다가 어디론가 떠나버리곤 한다.

그럼에도 불구하고 두 팔을 씩씩하게 저으며 또 하루를 걸어가는 건, 그 짧은 행복의 기억이 있기 때문이다.

서른아홉이 된 나의 아들이 서가 한 구석에 꽂힌 이 책을 우연히 발견하는 장면을 그려본다. 그는 거실 소파에 비스듬히 앉아 자신이 아기였던 시절에 삼십대 후반이던 아빠가 써 내려간 문장들을 읽어내려 갈 것이다. 그리고 그 안에서 자신으로 인해 행복해 하던 이빠의 시간을 마주할 것이다.

만약 이 책의 어딘가가 아들의 삶을 지탱해 줄 여러 기억 중의 하나로 쓰여질 수만 있다면, 나는 이 책을 발표한 일을 변변치 않았던 내 삶에서 이루어 낸 몇 안 되는 의미 있는 일 가운데 하나로 기억할 것이다. 그리고 이것은 나를 '살아가게' 할 것이다.

그 녀석의 하루하루가 육자 배스와의 조우 이상으로 짜릿하고 흥미진진한 행복의 바람결이길 기도한다.

떠올리는 것 자체로 뭉클한 아들을 낳아 준 아내에게 한없는 사랑과 고마움을 전하며.

나, 조규찬

달에서 온 편지

나, 조규찬

스피너 베이트

안녕?

한참 동안 자판만 들여다보고 있었어.

무슨 얘기부터 해야 할지 모르겠어서 말이야.

내가 누군지 궁금하지?

나는 조규찬이야. 이름이 너와 똑같다고?

믿을지 모르겠지만 내가 너야. 아마 소름끼치고 기분 나쁘겠지. 하지만 사실이야.

내 계획대로라면 이 편지는 1987년의 암사동 어느 연립주택 현관문 앞에 떨어져 있을 거야. 물론 그걸 발견하는 사람은 너일 거고. 내가 너 자신이라는 걸 믿을 수 있게 하려면 어떻게 하는 게 좋을까?

음…… 그래 아무에게도 말하지 않고 너 혼자만 느끼는 걸 맞히면 되겠지.

시험기간에 들었던 음악 중에 이엘오ELO의 〈미드나이트 블루 Midnight blue〉라는 곡.

그 곡 들으면 귀여운 친구 하나 떠오르지 않니? 한국무용 전공하는 여학생.

별명은 아로미. 그래서 너의 별명은 왕눈이.

두 별명 모두 그녀의 짓궂은 친구들이 지어줬고.

1학년 때 친구 집에서 잠을 설쳐가며 나누던 대화.

'여자란 무엇인가.'에 관한 나름대로 심도 있는 대화였지.

그 속에 항상 그려지던 건 바로 아로미!

이런 일도 있었지. 2학년 1학기, 수학여행 가기 얼마 전.

처음이자 마지막 데이트에서 아로미는 햄버거스테이크를 먹었고 왕눈이는 포크커틀릿을 먹었어.

꽤 오랫동안 용돈 모았지 아마? 가지고 있던 돈이 빠듯해서 혹시 모자랄까 봐 화장실 가서 헤아려보고 또 보고. 안 그랬으면 너도 같은 걸로 먹었을 텐데.

그 레스토랑 이름은 '티파니'. 식사를 마친 뒤 그곳을 빠져나와 적어도 3킬로미터는 걸었는데, 그 친구가 계속해서 손수건으로 이마에 맺힌 땀을 닦아냈지. 너무 많이 걷게 했다는 생각에 너는 후회했고.

더 얘기하지 않아도 너는 느낄 거야. 내가 너라는 걸.

이 글을 쓰는 지금은 2005년 11월 10일 새벽 1시 46분이고 나는 컴퓨터 앞에 앉아서 자판을 두드리고 있어. 여기서는 손 글씨가 점점 사라져 가.

1987년의 너에게는 와 닿지 않을 수도 있겠다.

몇몇 예언가가 지구의 멸망을 서기 2000년 즈음으로 말하고 있을 테지만 걱정하지 마. 적어도 2005년 11월 10일 새벽까지는 지구가 남아 있을 테니까.

그 위에 나도, 그러니까 너도 살아 있고. 그냥 단순히 살아 있는 정도는 아니지. 적지 않은 변화가 너에게 생겼지.

희망적인 소식.

스스로 생활할 수 있게 됐다는 사실! 차비 걱정 같은 거 안 해도 된다는 뜻이지.

친구와 밥을 먹어도 네가 사줄 수 있어. 놀랍지 않아?

정말 너에게 다가올 일이야. 그러니까 돈 문제 따위로 주눅들지 마.

아버지가 안 계시고 가난하다는 사실. 그 가난 때문에 종례시간마다 일으켜 세워지고 가난이 비난받을 일임을 선생님으로부터 배운 일.

그것으로도 부족해서 같은 반 학생이 돈을 분실했을 때 가장 먼저 '절도용의자'가 된 일.

심지어는, 담임 선생님이 "좋게 말할 때 부는 게 좋아. 오늘 불 때까지 집에 못 간다."라며 너를 범죄자 취급 한 일. 미치도록 자존심 상하고 분했던 일.

훗날 아내와 자식이 그 상처를 어루만져줄 거야.

잊지 마. 넌 특별해.

차비가 없어서 걸을 때도, 해와 낙엽이 지고 스산한 바람이 불어올 때도, 어두워진 거리를 밝히는 따스하고 편안해 보이는 불빛들이 오히려 냉정하게 느껴질 때도, 넌 특별해.

가난. 원망스런 상황.

지구의 축이 뒤틀린다 해도 결코 바뀌지 않을 것 같은 운명.

태어나는 순간부터 죽는 순간까지 나의 이마에 새겨져 있을 바코드 같은 절망. 그 모든 것이 너의 잘못이라는 오해부터 가능한 한 빨리 떨쳐버리면 좋겠어.

슬퍼하며 잠들지 마.

며칠 전에는 송어낚시를 하러 갔어.

그런데 글쎄, 메기가 '스피너 베이트'를 물었지 뭐야. 허허허!

'스피너 베이트'가 뭐냐고?

…… 몇 년 지나면 알게 될 거야.

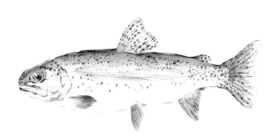

어린 시절

소년 시절.

동네 공터에 자전거를 빌려 타는 곳이 있었다. 나는 그곳을 '자전거포'라고 불렀다. 50원이면 30분, 100원이면 한 시간씩 탈 수 있었다. 그 당시로서는 내 소유의 자전거를 갖는 일은 선택받은 극소수의 아이들에게만 가능한 일이었다. 그래서 많은 아이들은 자전거를 빌려 타곤 했다. 나도 그 중 하나였다.

나는 어느 나이가 되기 전까지 네발자전거를 탔다. 뒷바퀴에는 쓰러지지 않도록 중심을 잡아주는 자그마한 보조바퀴들이 물소의 뿔처럼 땅을 향해 양쪽으로 나 있었다.

형들은 항상 '오토바이 자전거'라고 불리는 크고 멋있는 걸 골라 탔다. 모양도 멋지지만 무엇보다 속도가 빨랐다. 나의 키

작은 네발자전거는 형들의 키 큰 두발자전거와 함께 달리기엔 역부족이었다. 태생이 그랬다. 나는 열심히 페달을 밟았고, 형들은 속도에 도취되어 점점 멀어져 갔다.

때로는 혼자 남겨져 네발자전거를 타는 일이 지루하고 서러워서, 반납 시간보다 일찍 자전거포에 돌아가기도 했다. 큰맘 먹고 투자한 50원이 아까워 자꾸만 한숨이 나왔다.

형들이 미웠다. 그런데 이상하게도 혼자 집에 오는 게 싫었다. 그래서 형들이 그들의 훌륭한 '오토바이 자전거'로 알뜰살뜰 시간을 채우고 돌아올 때까지, 나는 보도에 걸터앉아 있었다. 사람들을 관찰하는 일이 지루해질 때쯤이면, 멀리서 형들이 돌아왔다. 두 바퀴로 중심을 잡을 수 있다는 사실이 신기하게만 보였다.

얼마 지나지 않아, 나는 그 신기한 일을 할 줄 아는 사람이 되어 있었다. 더 이상 혼자 남겨져 있기 싫었던 것 같다. 처음으로 두발자전거 타는 일에 성공하던 날. 나는 시간 가는 줄을 몰랐다. 마치 처음 날아오른 새 같았다.

표면 장력이 무너져 한순간 물이 넘치듯 어둠이 급습해왔다. 햇살이 뜨거울 때 빌린 자전거를 가로등이 켜지는 시간까지 타버린 것이다. 나는 자전거포 아저씨의 튼튼하고 정직한 시계를 떠올렸다. 가슴에 무거운 쇳덩이 하나가 '쿵' 하며 떨어졌다.

나의 달콤한 행복이 그의 시계 위에 죄인으로 세워져 있었다. 그것은 내가 그때까지 살아오며 지은 것 중 가장 커다란 죄였다. 나에게는 아무런 해결책도 없었다. 그렇다고 부모님께 알릴 수도 없었다. 나 때문에 잔뜩 화가 난 자전거포 아저씨가 엄청난 돈을 요구할 것이었기 때문이다. 어쩌면 우리 아빠와 엄마가 경찰서에 잡혀가실지도 모른다는 생각까지 들었다. 이제 나는 부모님의 품에서 끌려나와, 구원받지 못할 중죄인으로서 심판을 받으러 가야만 했다.

공터에는 이미 모든 자전거가 돌아와 같은 각도로 비스듬히 세워져 있었다. 다들 착해 보였다. 그것들은 나의 몰염치함을 조용히 비난하고 있었다. 주인 아저씨는 어둠 속에 우뚝 서 있었다. 그는 한강다리의 거대한 교각 같았다. 나를 죄인이게 하는 자전거의 소유자인 그는, 내 운명을 움켜쥔 권력자였다. 내 머릿속에서는 내가 생각해낼 수 있는 최악의 형벌이 까만 꽃처럼 피고 졌다. 두려움이 날 휘감아왔다.

아저씨가 무언가 말하려고 하자, 나는 울음을 터뜨려버렸다. 그는 울고 있는 내게 계속 무언가를 얘기했다. 하지만 내게는 아무것도 들리지 않았다.

다행히 나의 자포자기식 울음은 효과가 있었다. 나는 경찰서에도 끌려가지 않았고, 부모님을 경찰서에 끌려가게 만들지도 않았다. 또한 내 상상을 벗어난 그 어떠한 처벌도, 그로서는 내리고 싶지 않아 보였다. 겨우 울음을 그쳐가는 나를 향해 그는 무언가를 계속 설명하려 했다. 거기에는 약속이란 단어가 등장했던 것 같다.

고개를 끄덕이고는 있었지만, 솔직히 나는 그때 그가 무슨 얘기를 하고 있는지 전혀 이해하지 못하고 있었다. 단지 나는 그가 베풀었으면 하는 용서와 자비에만 관심이 있을 뿐이었다. 그 당시에는 내 세포에 직접적으로 와 닿으며 삶에 개입하는 문제였음에도 불구하고, 지금에 와서 돌이켜보면 드문드문 떠오르는 지난 밤 꿈 같은 과거가 있다.

이제 그날의 사실들은 내 기억의 방에서 퇴출되어, 무의식의 검은 수면 아래로 점점 가라앉는다. 과연 그 시간과 그 장소와 그 사람들이 정말 그때 그곳에 있었는지, 가끔은 헛갈리기도 한다.

구불구불 좁은 골목. 항상 트랜지스터를 틀어놓았던 이발소 아저씨. 명일동 종점의 버스 안내양 누나. 목마를 실은 리어카

와 함께 오던 할아버지. 항상 기분 좋은 로션 냄새가 나던 여름성경학교 선생님.

그들은 모두 어디로 사라진 걸까.

노을

트위스트 김은 슬픈 눈을 가졌다.

살다 보면 가끔 이런 감정을 만난다. 울고 있어서 누가 봐도 슬플 수밖에 없는 사람은 그런 느낌을 주지 않는다.

표정이나 의도와 상관없이 눈빛이 슬픈 사람. 그런 사람이 슬프다.

슬픈 시선을 가진 이와 마주하는 것. 그것은 태어나서 처음 노을을 마주하는 일과도 같다.

노을은 슬픈 것이 아니지만 슬픔보다 더 슬픈, 딱히 '이거다.' 라고 말할 수 없는 감정을 내 가슴속에 밀어 넣는다.

소멸.

노을과 사람의 육신은 둘 다 그 결말을 가진다. 트위스트 김의 눈빛도 본질적으로 그러하다.

그는 문화방송에서 인기리에 방영된 드라마 〈수사반장〉에서 도망자의 연기를 하고 있었다.

범죄자의 아픈 숙명을 지녔지만 아들을 깊이 사랑하는 한 아버지. 아버지는 마지막으로 아들에게 불고기를 사준다. 이제 얼마 안 있으면 형사들에게 체포될 것을 예감하고 있는 것이다. 많이 먹으라는 말을 연신 내뱉는 그의 눈빛이 보인다.

> 엄마야 누나야 강변 살자
> 뜰에는 반짝이는 금모래 빛
> 뒷문 밖에는 갈잎의 노래
> 엄마야 누나야 강변 살자

그것은 나의 감정 어느 지점에선가 이렇듯 시와 선율이 되어 있었다. 그 눈빛은 소리를 머금은 형상이었다. 지금도 그 인상은 내 안에 새겨져 있다.

모두들 느끼고 알지만 누구도 설명하려 들지 않는 뉘앙스. 단순히 희로애락으로 규정지을 수 없는 미묘한 감정의 견본.

어쩌면 우리들 중 누군가는 이런 것들을 그 눈빛 안에 지니도록 선택되었는지도 모른다.

'트위스트 김도 그들 중 하나였던 건 아닐까.' 하는 질문을 던져본다.

아버지는 선택된 존재였다.

그의 눈은 노을 같았다.

온 국민이 프로레슬링에 열광하던 시절.

추운 계절. 오후였다.

소년이었던 나는 아버지를 따라 목욕탕에 갔다. 눈이 오려는지 동네는 어둑어둑했다. 아버지의 옆모습을 올려다보았다. 하얀 입김이 야윈 얼굴 너머 회색의 대기에 피고 지고 있었다. 아버지와 허공 사이에는 얼어붙은 지붕들의 실루엣이 놓여 있었다. 담벼락 한 곳에는 그 생명을 다한 연탄재들이 착하게 쌓여 있었다.

솜씨 좋은 어느 어머니의 김치찌개 냄새가 골목 여기저기를 떠돌고 있었다. 나는 입욕료를 내고 있는 아버지의 뒤에 서서 방금 여탕을 나선 모녀가 지나가는 것을 바라보았다.

그들의 얼굴은 빨갛게 익어 있었다. 저 정도면 적어도 앞으로 1년은 목욕탕에 오지 않아도 될 것 같다는 생각이 들었다.

탈의실에는 벌써 형광등이 켜져 있었다. 목욕탕에서는 누구도 예외 없이 벌거숭이가 됐다. 나의 아버지도 그러했다.

그가 하나 둘 옷을 벗어 나가자 창백하고 야윈 몸이 드러났다. 골격이 적나라하게 드러날 정도였다.

다른 아버지들의 건강한 근육이 나의 아버지를 더욱 연약해 보이게 했다. 나는 아버지를 감싸주는 목욕탕 안의 뿌연 수증기가 좋았다. 수증기 속에서라면 나의 아버지가 다시 건강한 몸으로 회복될 수 있을 것만 같았다. 그래서 나는 항상 최대한 빨리 옷을 벗고 먼저 탕에 들어가곤 했다.

뜨거운 물 속에 들어앉아서 아버지와 나는 100부터 1까지 거꾸로 수를 헤아렸다. 마주 보는 아버지의 눈에 알 수 없는 일렁임 같은 것이 담겨져 있었다.

그것은 어둡고 추운 방 안에 밝혀져 있는 촛불 같았다.

촛불은 슬픈 것이 아니지만 슬픔보다 더 슬픈, 딱히 '이거다.' 라고 말할 수 없는 감정을 내 가슴속에 밀어 넣는다.

소멸.

촛불과 사람의 육신은 둘 다 그 결말을 가진다.

아버지의 눈빛도 본질적으로 그러했다.

아버지의 육체는 결과적으로 그러했다.

나는 계절을 받아들이고 떠나 보낸다.

이름 없는 간이역처럼 그리운 것들을 기다린다.

돌아올 수 없는 것은 돌아올 수 없어서, 돌아가야 하는 것은 결국 돌아갈 수밖에 없어서 그립다.

그 겨울의 야위었던 아버지에게 나는 어떤 인상으로 남았을까. 그 이미지는 찾아낼 수 없는 어딘가에 아직 남아 있는 걸까. 아니면, 영원한 어둠 속으로 흔적 없이 사라진 걸까.

가장 일상적이던 목욕탕의 추억이 가장 비현실적인 그리움의 대상이 되어버렸다.

가장 당연한 존재였던 아버지가 가장 불가능한 존재가 되어버렸다.

조용하지만 무정하게 변해가는 생의 계절은 그래서 나로 하여금 사랑했던, 사랑하는 이들의 눈빛을 애써 기억하게 한다.

나는 가능한 한 자주 내 아이와 눈을 마주 본다. 태어난 지 8개월 된 그는 아직 말을 하지는 못한다. 하지만 눈을 통해 말보다 훨씬 넓고 깊은 마음을 전한다.

그의 마음에도 나의 눈빛이 남을 것이다. 언젠가 나의 삶에 겨울이 찾아와 내 육신이 사라진다 해도 그의 가슴은 나를 기억할 것이다.

어쩌면 세상의 모든 아버지가 나와 똑같은 생각일지도 모른다.

그들의 눈빛은 노을을 닮았다.

여행

바람 끝이 무뎌져간다던 어제의 말은 경솔했다. 창틈으로 스며든 한기에 밤새도록 잠을 설쳤다.

처음 이 방에 들어설 때는 적어도 외풍에 대해서만큼은 걱정이 없다고 판단했다. 창문의 크기가 고작 16절 공책을 펴놓은 정도였고 우리를 방으로 안내하던 난쟁이의 장담도 있었기 때문이다. 그는 우리가 자야 할 방이 쩔쩔 끓는 온돌방이라고 강조했다. 오죽하면 그가 반복하던 말이 내 머릿속에 새겨져버렸다.

취침 시, 등에 화상을 입지 않도록 조심합니다.

문갑이 놓여 있는 쪽이 아랫목입니다.

그곳은 화상을 입기에 적당한 장소랍니다.

취침 시, 등에 화상을 입지 않도록 조심합니다.

문갑이 놓여 있는 쪽이 아랫목입니다.

그곳은 화상을 입기에 적당한 장소랍니다……

이곳으로 오는 동안 우리는 너 나 할 것 없이 지쳐 있었다. 선두에 선 이는 김세광 피디였다. 그는 뜨거운 물이 펑펑 쏟아지는 아늑한 일류호텔에서의 휴식을 꿈꿨지만, 지금의 상황도 그리 나쁜 것만은 아니라며 씩씩한 기합소리로 스스로에게 박차를 가했다.

그 뒤로는 낚시 채널의 강정식 프로(예전 소속사의 가요부 부장. 함께 은어놀림낚시를 한 바 있는 달변가)와 스카이 콩콩(징 박힌 축구화와 함께 유년기에 가지고 싶어했던 친구)이 성실한 걸음을 옮겼다. 그리고 꼴찌인 나는 김세광 피디의 배낭에 매달려 대롱대롱 춤을 추고 있는 스머프 인형을 쫓아갔다. '내가 이번 여정 내내 이렇게까지 맥을 못 추는 건 틀림없이 저 스머프 때문일 거야!' 하는 생각이 들었다. 스머프는 내내 나에게서 힘을 빼앗아갔다.

우리가 이곳에 도착한 건 늦은 밤이었다. 일행은 흩뿌려놓은 성냥개비처럼 잠에 빠졌다.

잠에서 설 깨어났을 때, 새벽의 푸른 어둠 속에서 아내를 발견했다. 문갑으로부터, 그러니까 아랫목으로부터 가장 멀고 차가운 바닥에 그녀가 표정 없이 웅크리고 있었다.

"어어, 어떻게 된 거야? 여길 어떻게…… 추워! 거기 있지 말고 이리 와."

어떻게 된 영문인지 궁금했으나 그보다 그녀에 대한 걱정이 앞섰다. 그러나 아내는 나의 얘기를 듣지 못하는 것 같았다. 반응 없이 그 자리에 머물렀다. 나 아니면 아내 둘 중 한 사람의 육체가 존재하지 않는 것처럼. 나는 조용한 아내를 안아 올려서 나의 체온이 담겨 있는 이불 속에 옮겨 눕혔다.

그때서야 아내는 편안한 표정으로 스르르 잠이 들었다. 나는 안도의 한숨을 내쉬며 해가 뜨면 그녀에게 어찌된 일인지를 자세히 물어야겠다고 생각했다.

아침에 눈을 떴을 때, 나는 가장 먼저 아내를 찾았다. 하지만 그녀가 누워 있어야 할 자리에 내가 누워 있음을 깨달았다. 그녀는 어디에도 없었다.

'꿈이었나?'

나의 아내는 아니, 나의 꿈은 이제 막 아침 햇살에 증발해버린

참이었다. 일행은 아직 낮게 코를 골고 있었고, 나는 한동안 멍하니 앉아 의식의 진공상태에 머물렀다. 가늠할 수 없는 시간이 흘렀다. 그런데 어찌된 일인지 일행은 내가 아무리 깨워도 일어날 줄을 몰랐다.

어떤 방법을 써야 할까 고민하고 있는 내 옆에 어느 새 난쟁이가 성큼 다가서 있었다.

"당신의 일행을 깨우려면 열쇠가 필요합니다. 이곳을 나서면 돌 계단이 있을 겁니다. 그 계단을 따라 내려가십시오. 열쇠가 당신을 찾을 때까지 계속 내려가십시오."

하지만 나는 이 상황이 그리 맘에 들지 않았으므로 난쟁이에게 따져 물었다.

"도대체 무슨 꿍꿍이가 있어서 이런 일들이 일어나는 거지?"

난쟁이는 조용히 날 바라보다가 또박또박 반복했다.

"당신의 일행을 깨우려면 열쇠가 필요합니다. 이곳을 나서면 돌 계단이 있을 겁니다. 그 계단을 따라 내려가십시오. 열쇠가 당신을 찾을 때까지 계속 내려가십시오."

나는 이런 바보 같은 상황에 화가 나서 난쟁이의 멱살을 잡아 들어올렸다. 그리고 그의 이마에 내 이마를 마주대고서 조용히 엄포를 놨다.

"여기서 무슨 일이 일어나고 있는 건지 어서 바른 대로 말해."

그러나 난쟁이는 생명 없는 나무토막처럼 잠잠했다. 그 나무토막이 입을 열자 칠판을 손톱으로 긁을 때의 소리가 났다. 나는 오금이 저려와 귀를 막고 몸을 움츠렸다.

정신을 차려보니 난쟁이는 이미 사라져버린 후였고, 김세광 피디와 강정식 프로와 스카이 콩콩은 나무토막처럼 점점 굳어가기 시작했다. 나는 눈을 질끈 감았다. 그리고 지금은 난쟁이를 다그칠 때가 아니라는 판단을 내렸다. 그럴 시간에 한시라도 빨리 열쇠를 찾아나서는 게 더 큰 화를 막는 방법이었다.

방을 나서자 곧바로 구불구불 가파른 계단이 저 아래로 펼쳐졌다. 나는 잠시 현기증을 느꼈다. 그것은 끝나지 않을 것 같은 어딘가로 아득히 뻗어 있었는데, 대략 폭이 1.5미터 정도였고 깎아지른 절벽의 옆구리에 투박하게 붙어 있었다. 발밑으로는 크고 작은 소용돌이가 천천히 회전하는 황토색 바다였다. 나는 어젯밤에 왔을 때와는 길이 달라져 있다는 사실을 깨달았지만 지금 그건 중요하지 않다고 생각했다.

내가 첫 발을 계단에 내려놓자 저 아래 맞은편에서 버섯처럼 사람들이 피어났다. 그들은 하나같이 몸집이 큰 어린아이들이었는데 계단의 폭이 턱 없이 좁아 보일 정도였다. 풍선처럼 둥

실둥실 다가오는 아이들은 나와 마주쳐도 결코 몸을 피하는 법이 없었다. 그 바람에 나는 벼랑 아래로 떨어지지 않기 위해 암벽의 튀어나온 돌을 꼭 잡거나 움푹 파인 곳에 손가락을 집어넣고서 힘껏 버텨야 했다.

그렇게 몇 번의 고비를 넘어서자 이번에는 '소년다운 소년'이 나타났다. 나이는 일곱 살 정도로 보였고 유난히 뒤통수가 볼록 튀어나와서 두상이 예쁜 모습이었다. 뚱뚱하지도, 마르지도, 크지도, 작지도 않은 체격이 지극히 모범적인 아이였다.

소년은 오르막을 향해 뛰고 있었으나 앞으로 나아가고 있지는 않았다. 그것은 마치 아래로 내려가는 에스컬레이터에서 그것과 같은 속도로 뛰어오르며 제자리에 머무는 모습 같았다. 나는 그 기묘한 장면에 관심을 가질 수도 있었지만 그럴 시간이 없다며 고개를 저었다. 그리고 열쇠만 생각하기로 했다.

나중에 떠오른 사실이지만 그 소년은 표정을 가지고 있지 않았다. 아마 그때 나는 간밤의 아내를 떠올렸던 것 같다.

내가 열쇠를 가지고(혹은 열쇠가 나를 데리고) 숙소로 돌아간 건 낮의 태도가 역력한 시간이었다.

어쩌면 괜한 짓을 한 건지도 모른다는 생각이 들 정도로 일행은 내가 방에 들어서자마자 가뿐하게(그게 열쇠 때문인지는 모르겠지만) 자리에서 일어났다. 그리고 간단히 잠의 흔적을 털어냈다. 나는 일행에게 그들이 깨어나기 전에 일어난 기묘한 상황을 열심히 설명하려 했다. 그러나 일행은 배가 고프다는 말만 반복했다. 나는 하는 수 없이 그들에게 함께 식당을 찾아나서자고 얘기했다. 어차피 이 방을 나서서 내가 본 것들을 보게 되면 그들도 정신이 번쩍 들 터였다. 그때는 내 말에 귀를 기울일 것이다.

스카이 콩콩은 방문이 열리면 곧장 튕겨 나갈 기세로 문 쪽을 바라보며 콩콩 뛰기 시작했다. 강정식 프로는 지역 안내지도를 꺼내려고 배낭을 뒤적였다. 나는 김세광 피디에게 방문을 열도록 권유했다. 하지만 열린 문 밖으로 펼쳐진 풍경은 지극히 평범하기 짝이 없는 바닷가 마을이었다. 식당은 해안에서 멀지 않은 곳에 위치해 있었는데 그 근방에서 발견할 수 있는 유일한 건물이었다. 그것은 새로 지어놓은 것 같은 한옥이었다. 인부가 방금 마지막 기왓장을 올려놓았다 해도 믿을 수 있을 정도였다. 완전 연소되지 않은 장작이 뿜는 연기가 구수한 아침 냄새를 더했다. 입구에 들어서자 '특징 없는 얼굴'의 주인이 우리를 맞이했다. 만약 그의 이름이 있다면 '무명씨'나

'아무개'가 어울릴 것 같았다. 그 얼굴은 분명 나와는 다른 '누군가'의 것이었지만, 동시에 누구와도 구분되지 않는 '아무'의 것이었다.

그는 아무것도 적혀 있지 않은 장부 같은 것을 열심히 들여다보면서 가끔 나를 흘끗흘끗 쳐다보았다. 손님이라곤 우리밖에 없었는데 주인은 상당히 신중하게 방을 선택했다. 그는 김세광 피디가 주문을 하려 하자 "죄송합니다. 저희는 메뉴가 따로 없습니다. 한 가지 요리밖에 안 하니까요. 하지만 아마 만족하실 겁니다."라고 말하고 방의 미닫이문을 탁 닫았다.

일행은 자리에 앉아 40분 정도를 기다렸다.

'너무 오래 걸리는 거 아닌가?' 하는 생각이 들기 시작할 즈음 문이 '드르륵' 열렸다. 보라색 샴푸를 짜놓은 것 같은 물에 잠긴 정체 모를 해산물이 커다란 솥에 담겨 나와 식탁의 가운데 놓였다. 그리고 각자에게는 얼음물이 담긴 사발이 주어졌다. 그것을 직접 상 위에 올려놓은 주인은 손을 비비며 어깨를 으쓱했다. 물론 얼굴에는 미소가 충만했다.

그 눈빛은 놀랍고 진귀한 것을 선사하고서 '놀랐죠?'라고 발랄하게 묻는 목소리를 대신하는 듯했다. 따뜻한 매운탕이나 얼큰한 김치찌개를 기대했던 나는 적잖이 실망했다. 하얀 명품 드레스 셔츠에 까만 유성잉크를 쏟는다면 딱 그런 표정일 것이다.

정체 모를 재료의 음식을 맞이하며 나는 잔잔하지만 깊은 공포를 맛보았다. 흡사 눈을 감고 매를 기다리는 느낌이었다.

우리는 주인의 친절한 설명에 따라 요리를 먹었다. 방법은 간단했다. 솥에 있는 기괴한 형태의 해산물을 가위로 마구 자르고, 그 조각들을 각자 꺼내어 얼음물에 적셔 먹으면 되는 것이었다. 맛이 없었다.

음식 맛이 '나쁘다'는 뜻의 맛이 '없다'가 아니라, 정말 말 그대로 아무 맛이 '없어서' 맛이 '없다'는 뜻이다. 나는 '음식을 삼키는 일이 이렇게 어려울 수도 있구나.' 하는 깨달음에 혼자 고개를 끄덕였다.

입안에서는 물컹거리는, 그렇지만 분해되지 않는 무언가가 나의 혀와 어금니와 턱의 분발을 요구하는 중이었다. 그러나 김세광 피디에게서는 이 '삼키기 어려운 음식을 먹는 일'에 관한 별다른 고민의 흔적이 발견되지 않았다. 그의 젓가락은 제법 자주 솥과 자신의 사발 사이를 오갔다. 심지어 그는 국자를 들고서 그 보라색 국물을 덜어먹을 빈 그릇을 달라고 주인에게 요구했다. 나는 새로운 음식에 잘 적응하는 그의 모습을 부러운 눈으로 바라보았다.

강정식 프로는 이 요리에 사용된 생물이 낚시로도 잡히는 것인지에 대해 관심을 보였다. 먹는 일에는 처음부터 관심이 없어 보였다. 그래서인지 그는 솥에 있는 그 '정체 모를 해산물'의 조각들을 이리저리 들춰보며 그것의 입을 찾아내는 일에 여념이 없었다.

스카이 콩콩은 항상 그렇듯 방의 한쪽 구석에 기대어 서 있었다. 그는 언제나 말이 없다.

구름이 다가오자 방안에는 어둠이 드리워졌다.

아침식사를 마치고 나와 일행은 바닷가를 걸었다. 신발은 벗지 않기로 했다. 모래 대신 해변을 가득 메운 날카로운 어패류 껍질의 조각들 때문이었다.

우리는 파도의 끝자락이 적셔놓은 모래를 그렸지만, 그래서 하얀 눈에 새기듯 깊은 발자국을 남기고 싶었지만 현실은 다른 얼굴을 내밀었다. 바닷가에서 행해져야 할 습관적인 낭만이 보기 좋게 거절당한 것이다. 걷는 일을 포기한 일행은 입을 벌린 채 수평선이 있어야 할 곳을 바라보며 의견이 분분했다. 강정식 프로는 자신이 인생의 최대 어를 잡은 날도 오늘처럼 수평선이 보이지 않았다며 추억에 잠겼고, 김세광 피디는 "지

구는 네모다!" 라고 선언하듯 말하며 수평선 가까이는 가지
않는 게 좋을 거라며 장난기를 발휘했다. 한편 스카이 콩콩은
어패류의 껍질더미에 자신의 외다리를 깊이 파묻고서 말이 없
었다.

나는 바람의 흐느낌을 들으며 눈을 감았다. 운동회가 끝나고
펄럭이던 만국기가 떠올랐다. 그때 나의 마음은 스산한 가을
바람에 흐느끼고 있었다. 아버지의 손이 나의 볼을 어루만졌
다. 아버지의 체온이 나의 몸에 퍼져왔다. 지금도 그 온기는

내 안에 남아 있다.

바닷가의 산책은 김세광 피디의 주도로 일단락됐다. 그를 따라 해안을 벗어나자 길가에 노란 택시 한 대가 우리를 기다리고 있었다.

"다 방법이 있지요."

택시의 지붕을 가볍게 두드리며 아직 던져지지도 않은 질문에 김세광 피디가 대답했다.

그는 언제나 준비성이 철저하다. 특히 모두를 돕는 일에는 더욱 그렇다. 우리는 택시에 올랐다. 운전석에는 김세광 피디가, 조수석에는 강정식 프로가, 뒷좌석에는 나와 스카이 콩콩이 앉았다. 택시는 물 위를 미끄러져가듯 부드럽고 안락하기 그지없었다. 봄 햇살에 따뜻해진 장독대를 떠올릴 즈음 우리는 고가도로에 접어들었다. 그것은 롤러코스터의 레일처럼 드라마틱한 구조였다. 나는 아찔함을 느꼈지만 그다지 위험하지는 않을 거라는 김세광 피디의 말을 믿기로 했다. 차창 너머 아래쪽을 내려다보자 끝없이 펼쳐진 갈대밭이 보였다.

마치 갈대의 바다 위를 나는 것 같은 착각이 들 정도였다. 여러 갈래의 바람이 달리기 시합을 하듯 갈대들을 가르며 이리저리 뛰어다니고 있었다.

가을밤을 걷는다

가을밤을 걷는다.

혼자 걷는다.

함께 걷고자 하는 이를 찾는 일은 쉬운 일이 아니다.

가을에는, 그것도 밤에는 더욱더 그렇다.

사람들의 호흡은 느려지고 새들의 한숨은 깊어진다.

부패의 악취와 그 주위를 맴돌던 이름 모를 벌레들의 전성기는

계절의 권유 앞에 조용히 고개를 숙인다.

가을밤을 떠다닌다.

거리는 나를 우호적인 태도로 빨아들여 이내 방치한다.

나는 닿을 곳 없는 시간 위에 경유지를 만들고 횃불을 밝힌다.

원시 동굴의 은밀한 곳. 태고의 달빛을 가둬놓은 샘. 그 수면

위에 비밀스럽게 피어 있을지도 모를 울트라마린 빛의 불꽃.

차가운 불꽃.

밤이 시작되면 잠들었던 그들이 하나둘 깨어난다.

빛과 빛은 나를 인도한다. 그들은 시간의 선 위에 각인되어 있는 나를 향하고 있다.

여섯 살 소년의 가을밤.

아버지의 트랜지스터. AM 라디오에서 흐르던 폴 모리아Paul Mauriat 악단의 〈이사도라Isadora〉.

창틈으로 들어와 음악에 스미던 귀뚜라미 소리.

아버지의 스킨로션 냄새.

천장에 드리워져 나만의 비밀스런 세계를 함께 창조하던 나무 그림자.

푸른 어둠.

불면의 밤. 거실의 창문 너머 바깥 세상에 뿌려지던 별빛 가루.

다른 별 위에 선 것 같은 느낌.

고유의 향기를 지니는 기억. 후각에 의존하여(좀더 원초적으로) 복원되는 추억.

그것은 부드러운 갯벌 속으로 끊임없이 파고드는 연체동물처럼(어렵사리 찾아낸다 해도) 느리지만 반드시 사라져버린다.

가을밤. 나는 미약한 단서를 외투 속에 품고 조명 숲을 거닌다. 그 속에는 낮에 흉흉하던 자본주의의 찌꺼기들이 머물 곳 없이 서성이다 풀 죽어 집을 찾는다. 그리고 그들이 남긴 빈 자리에 찹쌀떡과 메밀묵을 외치는 구성진 목소리가 들어온다.

그것은 항상 어딘지 모를 모호한 공간으로부터 시작되어 먼 기차소리처럼 내 귀에 기력을 잃은 채 당도한다. 거기에는 내 아버지의 낮은 숨소리가 묻어 있다. 그 소리를 가둬두고 싶다. 그리하여 얘기치 못한 과거와의 조우를 경험하고 싶다.

그러나 그러지 않기로 한다. 모든 살아 있는 것들의 소멸을 준비하는 계절로서의 가을을 존중하기로 한다.

내가 그리워하는 것들은 잡히지 않는 과거의 어둠 속에 머물며, 나에게 또 하나의 그리움을 새겨놓는다. 아버지의 스킨로션도, 폴 모리아 악단도 더 이상 나를 지켜줄 수 없다.

가을밤을 걷는다.

혼자 걷는다.

함께 걷고자 하는 이를 찾는 일은 쉬운 일이 아니다.

가을에는, 그것도 밤에는 더더욱 그렇다.

샌프란시스코 행 비행기에서 나는 잠이 들었다

샌프란시스코 행 비행기에서 나는 잠이 들었다.

가끔 비행기의 바닥이 '꿍!' 하고 울리면 스튜어디스의 표정을 확인하기 위해 천천히 눈을 떴지만, 대부분의 시간은, 나의 의식과 무의식은 모두 어설픈 무無의 상태에 머물렀던 것 같다. 나는 고체도, 액체도, 기체도 아닌 늪의 저 아래로 가라앉았다. 어딘가에 있는 중심이 나를 끌어당겼다. 그 힘은 점점 강하게 작용했다. 그로 인해, 내게 새겨진 사회화의 기억은 내가 태어나기 전인 1969년 시월의 대기 속으로 증발해갔다.

가끔 찾아드는 자아의 자각은 '존재하지 않는 자유'를 방해했다. 그럴 때면 나는 울음을 참느라 혼이 났다. 무아無我의 행복이 그리웠기 때문이다.

짧은 순간, 나는 실향민이었다.

나는 때때로 울면서 잠을 깬다.

'엉엉' 소리 내 우는 것은 아니지만, 오히려 그보다 더 깊고도 짙은 슬픔이 그 안에 담겨 있다. 어떨 땐 잠이 깬 후에도 이불 속에 달팽이처럼 움츠려 있기도 한다.

예컨대, 고등학교 2학년 당시의 꿈 속에서는 중국의 탁구선수와 사랑에 빠졌는데, 그 끝부분에서 비행기에 오르는 그녀를 보며 어찌나 서럽게 울었던지, 잠이 깬 후에도 한동안 계속 흐느꼈던 적이 있다. 또 어떤 경우는, 평소에는 그럴 이유가 없는 대상에게서 형용할 수 없는 슬픔을 느끼기도 한다.

한번은 '손승호 아저씨'가 꿈에 등장하셨다. 내가 그분에 대해 아는 거라곤 두 가지밖에 없다. 하나는 내 아버지의 지인이셨다는 사실이고, 또 하나는 내가 아주 어렸을 적 어느 겨울에 대구포를 쌀자루 같은 것에 잔뜩 담아다 주셨다는 사실이다. 덕분에 내 인생의 어느 겨울은 자루 속 대구포를 난로에 야금 야금 구워먹는 오붓한 기억으로 채워졌다. 지금까지도 그분의 이름을 기억하는 걸 보면, 그 겨울이 꽤 행복했나 보다.

그분과 나는 내가 꿈에서 깨어나기 직전까지 서로를 아무 말 없이 바라보았다. 하지만 그러한 꿈 속의 행위가 왜 나를 슬프게 했는지는 아직까지도 이해하지 못하고 있다. 그렇다고 그분에 대한 정보가 딱히 그럴 만한 어떠한 연결고리를 가지고 있는 것도 아니다. 굳이 이유를 찾아본다면, 사람과 사람 사이에 전제된 '헤어짐'이 아닐까 한다.

한강 둔치의 좁은 차로를 달리는 차 안에서, 나는 저 멀리 한강 다리의 아치 너머 가을 하늘을 발견했다. 거기에서는 먹물을 빨아들이고 있는 화선지처럼 구름의 대륙이 뭉글뭉글 피어오르는 중이었다. 그 혁명 사이로 파란 배경이 드러났다. 빙하처럼 맑은 빛깔이었다.

어떻게 보면, 그 파랑이 흑백의 배경에 떨어진 물감 방울 같았다. 나는 자동차를 길 한쪽에 세우고 차창을 열었다. 그러자 기다렸다는 듯이 바람이 내게로 들어왔다.

'어디서 오는 걸까?' 궁금해하는 내게 바람은 빨간 사과의 향기를 전해주었다. 그 향기는 나를 초등학교 시절로 데려갔다. 운동회가 끝났다. 아무도 없는 운동장에는 색종이 조각들과 만국기가 바람에 몸을 맡기고 있었다. 색종이들은 아이들의 함성을 들으며 박에서 쏟아져 내리던 기쁨을 못 잊어서, 만국기는 이어달리기의 열기 위에서 펄럭이던 뜨거움의 여운에 사로잡혀서 갈 곳을 몰랐다.

나는 만국기와 색종이와 지나치게 말끔한 하늘을 남겨두고 아버지를 따라갔다. 아버지는 자장면을 사주셨다. 나는 입 주위와 코끝에 자장을 묻혀가며 행복해했다.

아버지는 말이 없으셨다. 그냥 날 바라보셨다.

이제 그 시선은 없다.

그 시선의 배경이던 그날의 스산한 바람도 사라져버렸다.

어쩌면 나는 잡아둘 수 없는 현재의 무엇인가를 붙잡음으로 해서, 이미 사라진 과거의 무언가를, 언젠가 사라질 미래의 어떤 것을 보상받으려고 하는지도 모르겠다.

나는 한기를 느끼며 몸을 웅크렸다.

그리고 항공사에서 제공한 종이도 천도 아닌 담요를 코끝까지 끌어 덮었다.

1950년대의 타이프라이터를 둘러싼 미스터리

1

서해로 낚시를 다녀온 날 밤이었다.

친구들과 당구장에 들어서는데 갑자기 눈이 몹시 가려웠다.
나는 맹렬히 눈을 비벼댔다. 그러자 시야가 뿌옇게 흐려졌다.
'바닷물에 젖었던 손 때문이었을까.'

당황하기 시작하는 나를 친구들이 '당황스럽게' 바라보았다.
눈이 왜 그러냐며 다들 눈이 휘둥그레진 것이다. 나는 화장실
에 가서 거울을 들여다보았다. 흰자위가 토끼눈처럼 빨개져
있었다. 그 표면에는 명란처럼 불결하게 생긴 노란 눈곱이 덕
지덕지 붙은 상태였다.

나는 거울 속의 나와 마주보며 한숨을 내쉬었다. 불과 1분도

안 되는 사이에 그런 불행이 찾아온다는 게 황당했기 때문이다. 얼마나 어이없었는지 말문이 다 막혔다. 정말 믿겨지지 않았다. 나는 수도꼭지를 끝까지 돌려 물이 콸콸 쏟아지게 한 다음, 거기에 눈을 갖다 댔다. 한참을 그러고 나서 다시 거울을 보니, 이제는 눈이 빨갛다 못해 거의 검붉은 색으로 변해 있었다. '그래도 눈곱은 다 씻겨내려 갔네.' 하며 나는 화장실을 나섰다. 그러나 다섯 걸음도 채 가지 않아 또다시 눈앞이 뿌옇게 변해감을 느꼈다.

나는 일단 당구를 포기하고―내가 당구를 포기하게 되는 상황은 정말로 뭔가가 심각한 경우이다―화장실로 되돌아갔다. 그 안에서 할 수 있는 일이라고는 고작 수돗물에 눈을 갖다 대는 것뿐이었지만, 나는 그 '유일한 방법'에 꽤 오랜 시간 동안 내 눈을 맡겼다. 왜 나는 곧바로 병원이나 약국으로 달려갈 생각을 하지 않았을까. 마치 잘못된 나의 눈이 수도꼭지나 물줄기 탓이기라도 한 것처럼.

나는 친구들이 게임을 끝마칠 때까지 기다렸다. 아마도 나의 상황을 심각한 것으로 인정하는 것이 싫어서였나 보다. 당구장을 나섰을 때는 이미 새벽 2시를 훌쩍 넘긴 시각이었다. 나는 밤새도록 영업하는 약국을 생각해냈다. 그와 동시에, 나의 시선은 멀쩡한 눈으로 인사를 나누는 사람들에게 '좋겠다.' 하는 부러움을 보내고 있었다.

2

의외로 약사는 별거 아니라는 반응을 보였다. 상자째로 파는 약을 두 가지 주면서 고개를 뒤로 젖히라고 했다. 형광등이 구원의 빛 같았다. 그는 나의 망가진 눈에 안약을 '똑똑' 떨어뜨렸다. 그리고 약값을 받아 챙겼다. 나는 화폐의 유용성을 절감하며 그곳을 떠났다. 약을 딱 두 번 먹고 나자 눈이 괜찮아졌다. 정말 거짓말처럼 깨끗해졌다.

마치 새 인생이 내 앞에 펼쳐지는 것 같았다. 나는 '아무 일도 일어나지 않는 삶'이 얼마나 '행복한 삶'인지 그때 깨달았다고 모두에게 말하고 싶었다.

나는 마주치는 모든 것에 우호적인 미소를 던졌다. 하지만 짧았던 나의 행복은 또 다른 고통으로 오버랩되었다. 한쪽 귀에만 가해지는 엄청난 수압 같은 것이 그것이었다.

그건 단지 들리고 안 들리고의 문제가 아니었다. 매분 매초 들려오는 소리가 끊임없이 왜곡되어 정신을 혼미하게 하고 두통을 불러왔기 때문이다.

이런 증상은 눈에서와 마찬가지로 가려움증에서 시작됐다. 처음에는 귀 청소를 하자 끈적이는 귓밥이 나오더니 그 직후부터 압력이 느껴지기 시작했다. 나는 그것이 심상치 않았음에도 불구하고, 눈의 경우처럼 그냥 가벼운 염증쯤일 거라고 무시해버렸다. 이번에도 내 곁에는 믿음직한 현대의학이 버티고 있음을 믿어 의심치 않았으므로.

3

"언제부터 그런 증상이 있었나요?"

의외로 의사는 심각했다.

"한 일 주일쯤 됐어요."

내가 당황한 빛을 감추며 대답했다.

"그런데 예전에 감기 걸렸을 때 이관耳管이 부은 적이 있거든요. 그때랑 증상이 거의 똑같아요. 이번에도 그런 건가 보죠?"

나는 의사에게 '결정적인 단서'를 제공함으로써 조금이라도 빨리 나의 문제가 별것 아님을 확인받고자 했다. 그러나 의사는 아무 말이 없었다. 그리고 알 수 없는 미소를 지었다. 자세히 들여다보지 않으면 눈치채기 어려울 정도의 희미한 표정이었다.

"청력검사를 해보죠. 자, 이쪽으로……."

의사가 안내했다. 그를 따라서 몇 걸음 걷자 진찰실 바로 옆의 작은 방이 나왔다. 거기에는 1950년대의 타이프라이터 같은 인상을 주는 청력검사기가 두 대 놓여 있었다.

의사는 '타이프라이터'와 짝을 이루는 헤드셋을 내게 건넸다. 나는 그걸 쓰고서 그가 작동시키는 묘한 음역의 소리를 들었다. 그는 거의 2초 간격으로 내게 "들리세요?"를 반복했다. 나는 "네."와 "아니오."로 짧게 답했다. 테스트가 끝나자마자 의사는 기계의 상단에 있는 성냥갑 넓이의 모니터 화면을 볼펜으로 두세 번 '툭툭' 쳤다.

그는 내 얼굴 바로 옆에 자신의 얼굴을 나란히 붙인 채로, 화면에 나타난 그래프와 수치를 진지하게 들여다보았다. 그리고 큰 한숨을 내 귓가에 대고 뿜었다. 나는 재떨이 냄새와 독한 스킨로션 냄새가 느껴져서 숨을 참고 열을 셌다. 그는 잠시 침묵을 지키고 나서 말을 꺼냈다.

"청력에 문제가 있습니다. 예측되는 결과는 두 가지입니다. 이 상태에서 나아지지 않거나, 증세가 더 심해져서 아예 청력을 잃거나."

의사는 그런 엄청난 사실을 전하면서도 태연하기 그지없었다.

"원인이 뭔가요?"

당황한 기색을 감추기 어려워진 내가 얼른 의사에게 물었다.

"의학적으로는 원인이 없어요. 그냥 껌 자주 씹으시고, 비행기가 이륙할 때처럼 침을 삼켜서 먹먹해진 상태를 극복하도록 노력하는 것 외에는 별 다른 도리가 없습니다."

내가 아무리 심각하게 바라봐도 그에게서 더 이상 다른 긍정적인 말은 나오지 않았다. 그는 다음 순서인 어린이 환자를 친절한 말투로 불러들이는 것으로 나에게 이제 그만 가보라는 말을 대신했다. 나는 처방전조차 없이 거리로 던져졌다.

그렇게 고통스러운데 의사는 원인이 없다고 하니, 인류가 아무리 복제 양 돌리를 탄생시키고 인간복제의 윤리적 타당성을 논하고 있다 한들 그게 다 무슨 소용인가. 갑자기 분노에 가까운 짜증이 밀려왔다. 그것이 심해질수록 원망이 의사에게 기울었다.

무책임한 사람 같으니라고. 남은 미치겠는데 점잖은 말투로 "원인이 없습니다."라고만 하면 단가?

나는 그의 미묘했던 미소를 떠올렸다.

'혹시 내가 이관이 부었다는 둥, 그게 감기 때문이었다는 둥, 아는 척해서 그랬던 걸까?'

어렵게 오른 권력일수록 도전에 더욱 민감한 법이다. 나의 짐작은 어느 새 확신에 닿았다.

'그래, 맞아! 그것 때문에 어차피 며칠만 있으면 저절로 낫는 사실을 일부러 숨기고 잔뜩 겁을 주기로 한 거지.'

나는 다른 병원에서 진찰을 받아보기로 마음먹었다. 만약 거기서 아무런 문제가 없다고 하거나 최소한 원인이 밝혀져서 치료가 가능한 상황이라고 한다면, 나는 어떤 식으로든 이 '악마'를 응징하려는 참이었다.

그러나 '원인 모를 증상'은 그것이 나타났을 때처럼 '원인 모를 회복'으로 이어졌다. 그래서 진짜 원인이 무엇이었는지는 현재까지도 밝혀지지 않고 있다.

급구

급구

〈성실한 여직원 모집〉

면접 후 즉시 출근 가능

27세 이상

모집 인원 0명

10시 ~ (근무시간 조절가능)

연락처 010-86ab-6876

전봇대 옆. 구인 광고. 우체통을 닮은 녹색의 구조물 위에 비
틀거리는.

바라보았다.

처음에는 어떤 직종일까 궁금하다가 광고지 하단에 눈길이 닿았다.

문어발처럼 갈라진 종이 위에 〈010-86ab-6876〉들이 "그래도 먹고 살아야지, 먹고 살아야지." 하고 읊조리는 중이었다.

여섯 개의 〈010-86ab-6876〉 가운데 왼쪽으로부터 세 번째의 〈010-86ab-6876〉의 자리가 비워져 있었다. 나는 그 세 번째의 〈010-86ab-6876〉을 떼어간 사람이 어떤 사람이었을까 궁금했다.

가사노동, 가사노동. 가사노동.

제자리에서 열심히 달리다 보니 입안에서 비린내가 난다.

나보다 술을 더 사랑하는 저 남자를 이제는 그만 보고 싶다.

고된 하루를 보낸 나의 휴식은 알코올과 온갖 양념과 담배의 악취를 잘 반죽한 남편의 이기심으로 언제나 종말을 맞는다.

이제는 나 자신을 위해 땀 흘리고 나 자신을 위한 아침을 맞이하고 싶다.

내가 되고 싶은 것.

광고 디자이너. 아담한 식당의 경영자. 애완견 센터의 마음씨 좋은 수의사. 화원을 소유한 꽃꽂이 강사. 아니면 뮤지컬 배우나 드라마 작가.

아직은 힘이 없다. 자본이 없고 학력이 부족하다. 일단, 내가 가장 잘 할 수 있는 일을 하자. 그리고 꿈을 차근차근 이뤄 나가자.

여인은 최소한의 짐을 꾸려 집을 떠난다. 결코 되돌아가지 않을 장소를 남겨둔다. 바깥 세상은 새롭다. 그 중에 가장 도드라지는 건 자기 자신이다.

더 이상 뚱보라고 놀림받는 '여자'는 존재하지 않는다. 체중 감량이 필요한 '사람'이 걷고 있을 뿐이다.

"내 몸과 마음에 머물던 그의 흔적은 모두 오려냈다."

연극배우가 대사를 하듯이 여인이 외친다.

하지만 이상 안에 현실을 채워나가야 한다는 생각에 걸음걸이가 신중해진다.

자동차. 신호등. 건널목. 늙은 사람. 어린 사람. 청년. 배 나온 중년. 여자 같은 남자. 남자 같은 여자. 젊고 날씬한 여자. 젊지만 날씬하지 않은 여자. 성형수술로 로봇 같은 사람. 성형수술 하러 가는 중인 사람. 아기 엄마. 웃는 사람. 화난 사람. 말 없는 사람. 속일 준비하는 사람. 속는 사람. 이미 속은 사람. 속았는데 속았다는 걸 모르는 사람. 꿈꾸는 할머니. 꿈을 잃은

소녀. 다른 사랑에 빠진 유부녀. 사랑을 믿지 않는 처녀. 그리고 먹고 마시고 음탕하게 놀자고 불러대는 간판. 간판. 간판. 간판. 간판.

황혼이다 싶더니 해가 나 몰라라 누워버린다. 순식간에 어둠이 깔려온다.

여인은 빨강 스카프를 머리에 두르고 어느 골목으로 접어드는 아담한 교회 앞에 다다른다.

바람이 앙칼지다. 연둣빛이 감도는 회색 코트를 입은 여인은 어깨를 움츠리며 입술을 깨문다. 전봇대에 매달린 가로등. 그 빛이 따뜻해 보인다. 여인은 그 안으로 또각또각 걸어들어간다. 그것이 구원의 빛일지도 모른다는 허무맹랑한 망상이 아마도 망상이 아니었나 보다.

급구

〈성실한 여직원 모집〉

면접 후 즉시 출근 가능

27세 이상

모집 인원 0명

10시 ~ (근무시간 조절가능)

여인은 떨리는 손으로 여섯 개의 〈010-86ab-6876〉 가운데 왼쪽으로부터 세 번째의 〈010-86ab-6876〉을 떼어낸다. 그리고 다시 걷기 시작한다.

가로등이 붙잡을 수 없는 골목 저 깊은 어둠 속으로.

서울에서 뉴욕이란 도시를 떠올린다

서울에서 뉴욕이란 도시를 떠올린다.

달이 떠 있을 땐 버려진 신문지와 지나는 이 없는 길모퉁이 무명 색소폰 연주자의 심플한 연주와 아득히 들려오는 경찰차의 사이렌만이 벽과 벽에 스미는 곳.

해가 떠 있을 땐 횡단보도의 존재 이유를 아무도 인정하지 않는 분주한 화이트칼라의 시니컬함과 물질만능의 기계적 미소가 사람과 사람 속에 스미는 곳.

비틀스나 코카콜라와 함께 지구를 상징하는 그 도시 위에 내가 서 있다.

밤이 되면 재활용지에 인쇄된 데이비드 샌본David Sanborn의 공연 홍보전단을 받아 들고, 마커스 밀러Marcus Miller가 다녀간 재즈 바에 들어가, 이름 모를 트럼펫 연주자가 편곡한 존 레넌John Lennon의 〈우먼Women〉을 듣는다.

운이 좋다면, 술에 취해 피아노를 치며 〈뉴욕 스테이트 오브 마인드New York State Of Mind〉를 부르는 빌리 조엘Billy Joel을 만날 수 있을지도 모른다.

유명하게 사는 것과 돈을 많이 버는 것으로도 사람을 고립시키는 대도시의 차가움은 견디기 힘든 것이다. 그래서 그도 외로움을 속여줄 무언가를 찾아 나선 것이다.

그가 피아노를 떠나 다시 바텐더 앞에 앉으면 "실례합니다. 당신의 음악을 좋아하는 사람입니다. 이런 곳에서 만나게 되다니, 정말 신기하고 영광스런 일이네요."라며 나는 악수를 청한다.

"이곳을 떠나야겠다고 결심해온 지 15년이나 됐지만, 어쩐 일인지 그게 잘 안되는군." 하고 그는 혼잣말을 하며 내 말에 대한 반응으로 술잔만을 응시한다.

그에게 있어서 누군가와 눈을 마주보며 대화한다는 것은 뉴욕의 규칙을 깨는 일처럼 보인다.

"엄마처럼 살지 않겠어."라고 다짐하는 세상의 딸들은 결국 어느 순간 어머니를 닮아가는 자신을 발견한다.

뉴욕에 사는 이들은 뉴욕의 딸들이다.

빌리 조엘도 이곳에서 살아왔다면 예외가 아니다.

나는 몸을 가누지 못할 정도로 과음한 그를 바텐더의 곁에 남겨두고 그곳을 떠난다.

공중전화를 찾아 거리를 걷다가 공원의 잔디밭에서 맨발로 걷고 있는 한 남자를 발견한다. 몸집은 크지 않지만 오랜 기간 운동으로 다져온 듯 야무진 몸매를 가졌다.

언젠가 〈귀여운 여인〉이란 영화에서 보았던 리처드 기어Richard Gere의 행동과 거의 흡사하다. 그는 나의 시선을 등지고 걷기 시작한다. 어둠과 나무의 품속으로 희미하게 사라져가는 그에게서 낮은 톤의 목소리가 흘러나온다. 빌리 조엘의 노래 〈뉴욕 스테이트 오브 마인드〉이다.

듣고 따라 부르는 이들의 정신에 위안을 주는 음악은, 때때로 만든 이에게 줘야 할 중요한 보상을 잊는다. 그 모순의 현장을 술 취한 빌리 조엘과 잔디 밭 위의 남자에게서 발견한다.

숙소로 돌아와 내 키에 비해 지나치게 높이 달려 있는 샤워기의 따뜻한 물을 틀어 뉴욕의 한기를 씻어낸다. 아무리 냉정한 도시도 돈을 낸다면 훈기를 제공한다.

수증기가 자욱한 욕실을 빠져 나와 TV를 켜자 '세계 곳곳에

집을 가진 스팅Sting이 뉴욕의 집에서는 어떤 생활을 하는지'
에 관한 인터뷰가 나오고 있다.

고딕처럼 깔끔해 보이는 거실에서 아내와 함께 요가에 심취한
모습이 마치 일반적 인간의 수명을 넘겨 살아온 인도의 수도
자와도 같다.

그의 삶에는 외로움이나 허탈함이 부르는 술과 밤의 서성임을
무의미하게 하는 장치가 있어 보인다.

그의 노래 가운데 〈잉글리시맨 인 뉴욕Englishman In New York〉
이라는 곡의 후렴을 들어 보면, "남들이 뭐라 하건 자신만의
길을 걸으세요Be yourself no matter what they say."라는 가사가
나오는데, 아마 그도 어느 시점인가부터 이곳에 적응하는 방
법을 개인주의에서 찾으려 했을지도 모른다는 짐작을 하게 한
다. 쉽지 않았을 것이다.

만일 당신이 뉴욕에서의 삶을 동경한다면, 그리고 구체적으로
그것을 행동에 옮길 계획이라면 빌리 조엘의 허름한 재즈 바
에 관한 상상을 한번은 해보라고 권하고 싶다. 혹은 스팅처럼
세계 여러 곳에 집을 가진 개인주의자로서의 뉴요커가 될 자
신이 있다면, 고딕의 거실에서 수양을 쌓는 것 못지않게 밤의
트럼펫 연주자를 가끔 찾아주는 삶이 되길 기도한다.

사용 설명서

한여름, 친구들과 농구시합을 하게 된다면 시원한 물이 필요
하다. 개인적으로 농구를 좋아하지 않아서(정확히 말하자면 무
척 싫어한다.) 실제로 얼마나 절실한지는 경험해보지 못했지
만, 더운 데서 열심히 뛰었다면 당연히 목은 마르겠죠?

그럴 때는 집에서 꽁꽁 얼려온 보리차가 제격이다. 가게에서
사는 음료수나 물은 그 당시에는 시원하지만, 조금만 놔두면
뜨거운 햇볕에 금방 미지근해지는 단점이 있으니까.

얼음은 1.5리터짜리 플라스틱 병 속에서 조금씩 녹아가며 그
시원함을 유지한다. 한 가지 아쉬운 게 있다면, 얼음이 녹는
속도이다.

강변이나 공원을 느릿느릿 거니는 정도라면, 조금씩 녹아도

그때그때 홀짝홀짝 마시면 된다. 하지만 격렬한 운동을 하는 경우에는 얘기가 다르다. 심장에 바늘 수백 개를 꽂아놓은 것 같은 갈증이 다가오면, 우리는 얼음의 느긋함이 야속할 수밖에 없다.

갈증은 마음에도 찾아온다.

사람의 내면에는 감성의 욕조가 놓여져 있다. 그것은 링거에 의해 환자의 몸에 공급되는 포도당처럼, 아주 천천히 한 방울씩 떨어지는 사색에 의해 채워진다.

때로는 아무것도 하지 않는 것이 오히려 많은 일을 하는 것일 수도 있다는 생각으로 거실에 앉아서 창밖 하늘을 멍하니 올려다보고 있노라면, "특별히 할 일 없으면 어제 산 캠코더 포장 뜯어서 사용 설명서 좀 읽어봐요."라고 아내가 한마디 한다.

두툼한 사용 설명서는 펼치기 전부터 식은땀을 흘리게 한다. 그것은 나에게 "이렇게까지 친절하게 설명해줘도 모를 사람이 설마 있겠어?"라며 팔짱을 끼고 있는 듯하다. 머릿속을 휘젓고 다니는 활자와 기호와 숫자에 신음하다 보면, "아기 울잖아요. 가서 좀 안아줘요. 아! 그보다 아기 젖병 좀 따뜻한 물에 씻어줘요." 하며 아내가 다음 할 일을 가르쳐준다. 그렇게 움직이다 보면 그럭저럭 해가 지고 나는 방송을 하러 간다.

생활인으로 살다 보면 가끔 바닥이 드러나 갈라진 감성의 욕조를 발견한다. 매일 퍼내는 일에만 집중하고 있으니, 어쩌면 당연한 일인지도 모르겠다. 딱히 누구의 잘못 때문이라고는 말할 수 없겠지만, '창작인'이라는 입장에서 보면 저항할 수 없는 총체적 위기에 직면한 건 틀림없는 사실이다.

하지만 누군가가 내게 다가와서 귓속말로 "운명을 선택할 수 있는 마법의 가루를 가지고 왔어요. 과거를 바꿀 수도 있고 그에 따라 현재와 미래도 완전히 달라질 수 있는 거지요. 자, 진정 원하는 운명을 말해봐요."라고 말한다 해도, 나는 지금의 내 아내와 내 아기와 내가 함께하는 운명을 선택할 것이다. 사랑보다 아름다운 창작은 이 세상에 없기 때문이다.

그래도 굳이 한 가지를 바꿔야 한다면, 캠코더를 산 적이 없는 쪽으로 바꾸었으면 좋겠다. 단언컨대, 나는 기계의 사용 설명서가 정말 싫다.

원구

원구라는 친구가 있다.

나이로 보면 나보다 어리지만 표정은 더 어른스럽다.

그냥 어른스럽다고 한다면 다소 막연할 것도 같아서 묘사.

키는 170센티미터 정도. 군살은 없는 편이고 식욕도 그리 왕성한 편은 아님. 나와도 잘 아는 그의 친구 피셔먼 군에게 지금껏 살아오면서 방귀를 한 번도 뀐 적이 없다고 주장한 바 있고, 그로 인해 짧지 않은 논쟁을 벌이기도 함. 그러나 그러는 내내 웃고 있음. 밤을 꼬박 새우고도 지치지 않고 한겨울 낚시에 얇은 옷만 입고 자주 나타남.

영어의 경우, 원어민만큼 잘하진 못하지만, 결코 장소와 상대 때문에 주눅드는 일은 없음. 항상 큰소리로 구사함. 나름대로

편한 관계가 됐다고 느낌에도 불구하고, 형들에겐 극존칭과 높임말을 꼼꼼하게 적용. 물건을 받을 땐 꼭 두 손. 밴드의 멤버면서 작곡 편곡을 하는데, 그야말로 '하고 싶은 대로' 음악을 함.

묘사는 여기까지.

그런데 이렇게 '하고 싶은 대로' 음악을 한다는 건, 그것을 직업으로 하는 사람에게 결코 만만한 일이 아니다. 자기 예술에 관한 고집이 세고 음악적 색깔이 강한 사람일수록, 언젠가 결혼을 하거나 자식을 얻게 되면 안팎으로 '상업주의와의 결탁'이라는 유혹과 피해의식에 시달리게 된다.

원구 군이 아직 미혼이라는 점에서, 그의 '창작 DNA'를 특별한 것으로 단정짓는 것도 경솔한 일인지 모르겠지만, 그만큼은 예외가 됐으면 하는 바람이다.

원구 군은 종종 인도 여행을 추억한다. 그의 인도 여행 얘기는 언제 들어도 재밌다. 어떤 면에서 그는 '인도'스럽다. 아무것도 하지 않지만 게으르지 않고, 많은 일을 하지만 결코 쫓기지 않는다. 그래서 그의 자동차로 함께 낚시를 떠날 땐 은근히 기대한다. '이번엔 또 어떤 형용불가의 음악을 조용히 틀어놓을까.' 하고 말이다.

원구 군을 알게 되기 전에 몇 번인가 가수 지망생들과 마주친 적이 있다.

명동의 어느 칼국수 집 화장실이나 아침에 찾은 슈퍼마켓처럼 생각하지 못한 장소에서 마주친 그들은, 내가 소변을 보고 있어도, 잠이 덜 깬 채 두부를 사 들고 있어도 반갑게 인사한다. 그리고 초롱초롱(?)한 눈망울로 묻는다.

"어떻게 하면 가수가 될 수 있나요? 학원을 다녀야 할까요? 아니면, 개인 레슨을 받아야 할까요? 혹시 추천해주실 만한 학원이나 선생님 있으신가요? 저는 싱어 송 라이터가 되고 싶은데, 집에서는 취직이나 하라고 그러시네요. 처음 앨범 내실 때 어떻게 제작자와 연결되셨나요? 집에 제가 작곡해놓은 곡이 몇 개 있는데, 언제 한번 조언좀 해주시겠어요?"

만약 이런 일이 원구 군을 알게 된 이후에 일어났다면, 나는 주저 없이 그의 연락처를 가르쳐줬을 것 같다. 그와 알고 지낸다면, 적어도 '재미있게' 음악을 할 수 있을 것 같기 때문이다. 나의 조언은 그리 재미있지 않았다.

"좋아하는 일로 돈을 벌기 시작한다면 슬퍼질 수도 있습니다. 음악이 좋으시다면 그냥 좋아하기만 하세요. 어떤 면에서는 그게 더 행복한 것일 수 있습니다. 그렇다고 음악에 있어서 제 스스로를 특별히 선택된 사람쯤으로 여길 생각은 없습니다. 다만 저는 당신이 행복하셨으면 좋겠습니다."

참 기운 빠지는 얘기다. 그래서 직접 대답해주는 것을 피하게 되는지도 모른다.

얼마 전 방송에서 어느 청취자가 내게 '다시 태어난다면 뭐가 되고 싶은가?' 라는 질문을 한 적이 있다. 나는 어른이 되지 않는 일곱 살 소년이라고 대답했다. 내 기억 속의 일곱 살 소년은 자유롭다. 삶에 있어서 가장 중요한 것은 성취가 아닌 자유이다. 자유를 위해 성취한다고 말할 수도 있겠지만, 사람은 항상 시간보다 한 걸음 느리다.

어쩌면 나는 음악을 통해 받은 혜택만큼 음악 자체의 행복은 세상에 반납해왔는지도 모르겠다. 그런 나에게 원구 군은 가끔 낯선 땅의 낯선 사람들 이야기를 들려준다.

자유를 얘기한다.

웃는다.

그의 비밀

내가 그의 비밀을 알게 된 건 그가 한국에 온 다음 날이었다.

장소는 남산과 도시가 만나는 지점의 어느 호텔.

기억이 맞는다면 시각은 오후 6시 40분경이었다.

대화의 러닝타임은 한 시간 정도.

그는 예상했던 대로 커다란 체격과 그만큼의 활력으로 앉아 있었다.

내게는 꽤 커 보이는 테이블과 접시와 포크가 그에게는 소꿉놀이 장난감 같았다.

한국에 도착한 첫 번째 밤.

그는 여행의 피로 따위는 상관하지 않고 홍대 앞을 찾았다고 했다.

정확한 양은 밝히지 않았지만 꽤 많은 술을 꽤 유쾌하게 마신 듯했다.

숙취는 없었다.

컨디션 조절에 지장이 있지 않느냐고 물었지만 그는 눈썹을 올려 이마에 주름을 만들며 어깨를 으쓱했다.

아침에 일어나서 호텔의 운동시설에서 땀을 뺐다고 했다. 그 것은 예외 없는 일과라고 말했다.

가끔 그는 옆에 있는 동료와 알아듣지 못할 정도의 속도와 볼 륨으로 무언가 비밀스런 대화를 나누며 웃곤 했다. 그럴 때마 다 그의 치아가 드러났다. 피부가 워낙 검어서인지 상대적으 로 무척 하얗게 보였다.

그는 나의 서툰 영어에도 귀를 기울이고 그 의미를 헤아리려 고 노력하는 것 같았다. 하지만 대답할 때는 내가 알아듣는지 에 관해서는 별로 신경 쓰지 않는 것처럼 보였다.

그와 그의 동료들은 여러 가지 향기를 입고 있었다.

그것들은 서로 뒤엉켜 테이블 위의 음식 냄새를 집어삼켰다.

그들은 그들의 향기 뒤에 숨어 있었다.

음식의 맛은 비누를 씹는 것 같이 낯설었지만 그는 맛있게 먹 어 치웠다.

이질적인 음식의 맛과 향에 잘 적응하는 모습은 인종의 문제일까, 운동 여부의 문제일까에 대한 궁금증이 잠깐 생기기도 했다.

나는 그에게 외로움과 허무함을 느끼는 적은 없는지 물어보았다.

그는 기다렸다는 듯이 대답했다.

사람들의 시선을 뒤로 하고 자신의 아파트에 들어가서 문을 등지고 서면 혼자인 자신을 발견하게 되고 그럴 때면 외로움과 허무함을 느낀다는 설명이었다.

나는 고개를 끄덕였다.

지나치게 간단명료하고 주저함이 없었다.

그래서인지 자신의 얘기가 아닌 정해진 대사를 읊는 것 같았지만 어떤 식으로 표현하든 외로움은 외로움이고 허무함은 허무함이다.

설령 그의 대답이 새빨간 거짓이라 해도 그를 비난할 이유는 없다. 누구나 보여주고 싶은 만큼만 보여주면 되는 것이다.

그렇게 그는 대화 내내 개인적인 감정을 드러내지 않았다.

지극히 신사적이었으며 지극히 현명해 보였다.

그의 예의 바름과 자기 통제는 그 자신을 주위로부터 분리시

커 그것을 나의 것과는 다른 장소에 옮겨두었다.

그는 나와 마주 앉아 있었지만 함께 있지는 않았다.

그는 일방적으로 자신을 아는 군중 앞에 개인이 할 수 있는 일을 내게도 적용하고 있었다.

누구에게도 자신에 대해 맘대로 오해할 수 있는 여지를 제공하고 싶지 않았던 모양이다.

대신, 객관적으로 알려져 있는 사실에 관해서는 비교적 자세하게 설명하였다.

가령 그가 지금의 위치에 오르기까지 겪었던 피나는 노력의 과정이라든가, 자신에게 영향을 준 한 사람에 관한 나름의 해석이라든가에 관해서 말이다.

나는 그가 천재일 거라고 생각했지만 그것은 오해였다.

그는 나와 그리 다를 것 없는 출발점에서 시작한 노력가일 뿐이었다.

그에 관한 전설에서는 노력보다는 천재성, 준비성보다는 즉흥성이 부각됐지만 사실은 달랐던 것이다.

나의 경우, 앨범을 새로 냈을 때 사람들의 반응이 궁금해져서 인터넷에 들어가보는 경우가 있는데 적어도 한번씩은 신기한 글을 접하게 된다.

거기에는 내 의도와는 다른 온갖 현학적인 설명과 의미가 부여되어 있다.

그런 경우엔 "오호, 내가 이렇게 멋진 음악적·사상적 배경을 가지고 이번 앨범을 만들었구나." 하며 내 음악에 관한 다른 이의 설명에 고개를 끄덕인다.

아마 그도 그에 대한 사람들의 환상을 접하며 무척 재미있어 할지도 모른다.

그가 세계적인 만큼 그에 관한 오해도 세계적일 것이고, 그가 세계적인 만큼 그에 관한 사실도 세계적일 것이라는 원리적 사고를 가지고 그에게 궁금한 한 가지를 물었다.

"당신은 노래를 부를 때, 특히 중저음으로 조용히 발성할 때 독특한 허스키함을 만들어내는데 어떻게 호흡을 조절하면 그런 멋진 소리를 낼 수 있습니까?"

그러자 그는 잠시 생각하는 듯했다.

그리고는 이렇게 대답했다.

"담배를 한 대 피우면 그런 소리가 나죠."

그건 정말 허를 찌르는 '세계적'이고 '놀라운' 비밀이었다.

이 비밀의 주인공인 세계적인 음악인과 노래 제목은 정말로 비밀이다.

숭늉

1

토요일 오후 4시 30분. 대학로에 도착.

6시 공연이니까 시간이 조금 남았네요.

〈달고나〉라는 창작 뮤지컬인데.

같이 보기로 한 기획자한테 가기엔 아직 이른 것 같고, 그렇다고 혼자 어디 카페 같은 곳에 들어앉아 있는 것도 안 내키고.

그냥 어슬렁어슬렁 돌아다녀 보기로 합니다.

샘터 파랑새 극장 앞을 지나면서 사람들 속에 숨어듭니다.

원래 맞은편에는 바로크 레코드가 있었죠. 지금은 없어졌지만요.

인도 한 켠에는 이름 모를 조각가들의 작품들이 '대학로는 문화의 거리입니다.' 라며 줄을 맞춰 서 있구요.

그 배경으로는 술집, 노래방, 패스트푸드점 같은 것들이 촘촘하게 붙어 있습니다.

태어나서 본 것 중에 가장 폭이 넓은 횡단보도 자리를 지나자마자 바로 오른쪽으로 꺾어 들어갑니다.

길은 점점 좁아지고 약간 오르막이죠. 그와 함께 사람들도 드문드문해집니다.

그 길로 쭉 가다 보면 동숭아트센터를 지나고 왼쪽에 주차장이 하나 나타납니다. 그 주차장을 끼고 좌회전. 길은 아직 오르막이고 더 좁아집니다.

조금만 가면 막다른 골목 삼거리.

거기서 우회전을 하니까…… 오래된 담들이 구불구불 이어져 있네요.

요즘에도 이런 골목이 있었네요. 좁고 울퉁불퉁한 골목.

해가 지고 나면 전봇대에 달린 노란 가로등도 켜지고, 굵은 멸치와 신 김치로 맛을 낸 김치찌개 냄새도 솔솔 풍기겠네요.

2

DVD나 볼까?

아내와 아들이 옥수동 처가에서 자고 오기로 한 밤.

평소에는 꿈도 못 꾸는 서라운드 입체음향의 감동을 풍부한 음량으로 느껴볼 절호의 찬스.

놓칠 수도 없고 놓쳐서도 안 되고.

자, 나갈 준비. 청바지에 회색 티셔츠.

떡진 머리 감출 때는 '애리조나 어쩌구'가 새겨진 야구모자 같은 거 눌러쓰는 게 상책.

맨발로 별 그려진 운동화 신었으면, 냉큼 출발!

엘리베이터에 오르니 치킨 냄새가 모락모락.

어띤 아빠가 맥주 한잔 하신 김에 여우 같은 아내와 토끼 같은 자식들 먹이려고 한 마리 사왔나 보다.

아직도 약간 온기가 남은 걸 보면 내린 지 얼마 안 된 것 같기도 하고.

나도 치킨이나 사다 먹을까?

아파트 건물을 빠져 나와 터덜터덜 걷기 시작.

귀뚜라미 소리, 밤의 냄새…… 화단에서 나무와 풀들이 그럴싸하게 숲 속 냄새도 흉내내주고.

"아, 좋다."

별도 한번 봐볼까? 올려다보니 한두 개. 유난히 가깝고 강하게 빛나는 걸 발견했으나 인공위성으로 판명.

"다들 어디로 간 걸까."

다음 다음 날.

경기도 양평에서 밤낚시를 하는데…… 별들이 죄다 거기 모여 있네요.

3

축구 중계 보느라 거의 해뜰 때까지 안 잤더니 아기들 잠투정을 조금 이해할 것도 같고.

거의 침대에 기절.

깊은 잠에 빠지기 위한 웬만한 단계는 다 뛰어넘고서 일요일 아침의 늦잠으로 돌입.

대지진이나 휴거가 아니고서는 나를 깨울 대상은 아무것도 없어 보였으나 그건 내 어머니를 깜빡한 나의 불찰이었습니다.

잠든 지 두 시간 정도밖에 안 됐는데 휴대폰으로 걸려온 전화 한 통.

"찬아, 지금 집 앞이야. 엄마 교회 가는 길에 김치 가져왔으니까 얼른 내려와서 가지고 올라가라."

나는 내 의식 가운데 절반은 꿈 속에 남겨두고 나머지 반으로 외투를 찾아 걸치고 엘리베이터를 탑니다.

눈은 거의 감고 있죠.

1층에서 엘리베이터가 "띵" 하고 문을 열어주면 외투를 여미고 뿔처럼 삐죽한 머리를 한 채, 어머니가 앉아 계신 자동차를 향해 걸어갑니다.

"아직 안 익었으니까 하루 이틀만 밖에서 재우고 그 다음에 김치 냉장고에 넣으면 된다. 알았지?"

나는 하품을 하며 그 보자기를 받아들고 어머니를 태운 차가 떠나는 쪽을 향해 손을 흔든 후, 눈을 감은 채로 엘리베이터에 오릅니다. 그리고 침대로 돌아갑니다.

"꿈이었나?"

한참을 자고 일어나서 햇살이 스며든 아침 식탁에 가보니,

하얀 접시에 빨간 총각김치가 채 익기도 전에 담겨져서 날 기다리고 있네요.

제이미스 키친의 왈할라 치킨

초겨울의 낚시는 적지 않은 육체의 손상을 가져온다.

아무리 옷을 껴입어도 부지런한 한기는 내 몸의 구석구석을 서서히 지배한다.

마치 조선을 침략하기 위해 조그마한 섬들 위에 등대를 세운 일제의 치밀함과도 같다.

나는 체력의 한계를 느끼며 지는 해를 바라보았다. 저수지 너머 산과 그 능선이 고요했다.

해는 그 너머로 숨어들며 한국화 같은 실루엣을 만들었다.

얼어버려 통제되지 않는 손으로 낚시도구를 정리하고, 관리사무소 겸 식당에 잠시 들어갔다. 추위를 피하고 싶은 것도 있었지만, 사람의 기운이 그리운 이유가 더 컸을지도 모른다.

그곳의 할머니는 손자로 보이는 어린아이와 함께 한가로이 앉아 계셨다. 나는 아무 말도 건네지 않고 잠깐 동안 그 공간의 온기에 내 마음을 녹였다.

서울로 돌아오는 길은 매정하다 싶을 정도로 도시의 찌든 일상을 지체 없이 내게 되돌려주었다.

금요일. 퇴근 시간대.

자유의 여운이 채 가시기도 전에 내 심신을 찾아온 현실. 자동차 안의 따뜻한 바람은 나의 정신을 서서히 녹여갔다. 눈은 초점을 잃어가고, 그럴수록 길은 더 막혀갔다. 그렇게 아슬아슬하게 졸음의 터널을 지나고 또 지났다. 나는 올림픽대로에 접어들면서 갑자기 강한 식욕을 느꼈다. 교통 정체도 쾌락을 추구하는 본능을 방해할 수는 없었던 모양이다.

'뭘 먹을까……'

'모모백 스테이크하우스'의 '왈할라 치킨'이 떠올랐다.

이름만 보면 내가 맛있는 닭요리를 떠올리는 줄 알겠지만, 정작 내가 그 메뉴에서 유일하게 먹지 않는 게 양념된 닭의 살코기이다. 아이러닉한가? 모르긴 해도, 나처럼 파스타 때문에 그 메뉴를 주문하는 분이(육즙이라고는 하나도 없는 퍽퍽한 살덩어리를 싫어하는 분이) 적어도 열 분 중에 다섯 분은 될 것이다.

그 고기를 들어 올려 앞 접시에 내동댕이치면, 그릇에는 김이 모락모락 나는 크림소스와 그 안에 부드럽게 미소짓는 면발만이 남아 나를 맞이한다.

설렁탕집도 아니고, 혼자 가기에는 어울리지 않는 장소라는 생각에 잠시 머뭇하기도 했지만, 이번만큼은 그 결정의 주체를 철저하게 나 자신으로 정하기로 했다.

'왈할라 치킨'이라는 메뉴에 자부심을 느끼는 요리사로서는 닭의 맛을 돕기 위해 파스타를 곁들였겠지만, 나 같은 사람에게는 오히려 닭이 파스타를 만나기 위해 치워야 하는 귀찮은 존재가 되기도 한다.(살다보면 이처럼 수단이 목적 그 자체가 되기도 한다.) 이 또한 아이러니가 아닐 수 없다.

평상시에는 그들이 나눠준 호출기를 들고 대기석에 앉아 있어야 할 정도로 붐비는 곳이지만, 오늘은(혼자서라도 꼭 이 식당의 음식을 즐겨야겠다는 나의 집념이 작용했는지) 입구에 들어서자마자 자리로 안내되었다.

점원은 내게 바Bar에 앉을 것인지 테이블에 앉을 것인지를 물어왔다. 나는 내가 환영받는 존재라는 고마움에 그들의 편의(?)를 지켜주기로 했다. 사실 나로서도 3,4인용 테이블에 혼자 앉아 있는 게 그리 좋은 것만은 아니었다.

바에 앉은 사람은 나 하나밖에 없었다. 모두가 테이블에서 친구나 연인과 함께였다.

그런데 그 순간만큼은 그들이 부럽거나 외롭지 않았다. 외로움을 잘 타는 나로서는 잊지 못할 묘한 감정의 경험이었다. 내 앞에서는 바텐더가 분주히 오렌지 과즙을 내고 있었다.

나는 대부분의 바텐더가 혼자 그곳을 찾은 손님에게 그러하듯, 이런저런 얘기로 나를 즐겁게 해주려는 노력을 할까 봐 묘한 두려움을 느꼈다. 그의 시선을 피해야 했다.

마침 그의 등 뒤에는 커다란 스크린이 있었고, 나는 그것에 시선을 얹어둘 수 있었다.

게다가 다행히도 그 또한 별로 말을 걸고 싶어하지 않는 것 같았다.

내가 그랬어도 빨간색 낚시 복장을 입고 피곤한 얼굴로 스크린만을 응시하고 있는 사람에게만큼은 아무것도 할 수 없을 것 같았다.

추위와 교통 정체와 졸음에 찌든 내 몸과는 다르게, 화면 속의 인물은 밤새 숙면을 취한 것처럼 건강해 보였다. 그는 자전거를 타고 자동차가 없는 골목들을 지나 적당한 햇살이 뿌려진 시장을 찾았다. 정육점에서 그는 우리 돈으로 약 2만 원 정도

되는 고급 닭을 샀다.

그의 동선을 따라가다 보니, 화면 한 귀퉁이에 자막으로 나온 그 프로그램의 제목이 보였다.

〈제이미스 키친Jamie' s kitchen〉

그의 낙천적인 분위기로 나는 잠시 안정감을 느꼈다. 요리과 정을 보여주는데 대충대충 하는 것 같은 인상이다. 구체적인 수치로 재료의 양과 조리 정도를 설명하지 않고, 그럴 시간에 그는 약 200년 전에 소금과 향료들이 가지고 있던 상징성을 설명해준다.

지금은 세계 곳곳의 모든 향료들이 쉽게 우리의 식탁에 올라 올 수 있지만, 어떤 시대에는 전쟁이나 오랜 기간의 항해로부 터 얻어졌다는 것이다.

또한 지금은 흔하디 흔한 소금도 한때는 다이아몬드처럼 귀한 물건이었으며 예물로도 쓰였다는 것이다. 듣고 보면 "흠, 정 말 그랬을 수도 있겠군." 하고 고개를 끄덕이지만, 막상 바쁘 게 살다 보면 그런 생각의 카테고리에는 아예 접근조차도 안 되는 경우가 많다.

답답한 목을 시원하게 틔워주는 목캔디처럼, 그의 지나가는 듯한 얘기는 나의 마음에 청명한 하늘을 쏟아부었다.

턱을 괴고 입을 반쯤 벌린 채 그의 이런저런 얘기를 따라가다 보니, 어느 새 내 앞에 왈할라 치킨이 김을 모락모락 내며 도착해 있었다. 제이미도 완성된 요리를 가지고 친구들이 기다리는 공원을 향했다. 투박하지만 튼튼한 포장을 풀자, 따끈한 닭요리와 신선한 샐러드가 등장했다. 그의 친구들은 영국 사람으로서는 특별히 감사해야 할 화창한 날씨와 '멋진 친구 제이미'라는 행운에 감사하며 요리를 즐겼다. 나도 그들과 함께 내게 주어진 따끈하고 부드러운 크림소스를 즐겼다.

제이미를 보며, 나도 그처럼 '행복한 일'을 하며 살고 싶다는 생각을 했다.

나는 무엇을 할 때 행복을 느끼는가.

삐삐와 겨울나기

그날은 동네 어느 골목에서도 친구들을 찾을 수가 없었습니다. 차갑고 건조한 겨울밤으로 이어지는 오후였습니다.

나는 문구점 옆에 있는 분식점을 찾았습니다.

사무실용 공간을 적당히 개조한 곳이었고 간판은 없었습니다.

놓여 있는 것이라곤 연두색 테이블 2개뿐이었습니다.

어둑어둑한 형광등에 난방은 되지 않았습니다.

그래서 나는 가만히 움츠리고 앉아 있어야 했습니다.

찾는 이가 아무도 없어서인지 떡볶이는 항상 싸늘히 식어 있었고 따뜻한 어묵 국물조차 없었습니다.

그렇지만 마음씨 좋은 주인 아주머니는 내가 그 투박한 미닫이문을 "드르륵" 열고 들어설 때마다 내 맘을 알아채고서 가스 불을 켜곤 했습니다.

평소처럼 나는 50원어치의 떡볶이를 먹어치웠습니다.

텔레비전에서 〈말괄량이 삐삐〉를 할 시각이었기 때문에 그다지 천천히 맛을 음미하지는 못했습니다.

기나긴 겨울밤을 외롭지 않게 보내려면 우리는 꼭 〈말괄량이 삐삐〉를 만나야 했습니다.

삐삐는 힘이 센 아이였습니다. 그래서 웬만한 어른, 그러니까 나쁜 어른 한둘쯤 해치우는 것은 문제도 아니었습니다.

삐삐의 아버지는 바다에서 사라졌습니다.

그는 해적이었다고 합니다.

어머니는 한 번도 본 적이 없습니다.

그러나 삐삐는 외롭지 않았습니다.

왜냐하면 삐삐에게는 아버지가 남긴 커다란 별장과
금화가 잔뜩 든 가방이 있었기 때문입니다.

맘만 먹으면 기구 여행을 떠나거나 온갖 기묘한 모험을 할 수 있었습니다.

윌슨 아저씨는 삐삐가 행한 놀라운 일들을 목격해왔지만 좀처럼 그것에 대해 자랑하거나 거만한 태도를 보이지 않았습니다.

아무에게도 털어놓은 적 없는 사실이지만, 나는 어떤 면에서 삐삐보다 윌슨 아저씨를 더 좋아했습니다.

그렇지만 한스는 그다지 좋아하지 않았습니다.

그냥 외모가 별로였습니다.

삐삐를 따라다니던 토미와 아니카는 가끔 내가 궁금해하는 걸 삐삐에게 물었습니다.

"삐삐, 너는 왜 그렇게 큰 구두를 신는 거야?"

삐삐가 대답했습니다.

"발가락을 꼼지락거릴 수 있으니깐."

삐삐는 침대 속으로 기어들어갔습니다.

삐삐는 베개에 발을 올려놓고 머리에 이불을 뒤집어쓰고 잠을 잤습니다.

언제나 그랬습니다.

삐삐는 자기의 생일이 되면 오히려 토미와 아니카에게 선물을 주기도 했습니다.

"토미와 아니카의 생일이 아니잖아."라고 말하는 나에게 화면 속 삐삐는 의아해하는 눈으로 반문했습니다.

"그래. 하지만 내 생일이잖아. 그렇지? 그러니까 나도 생일 선물을 줄 수 있다고. 안 그래? 그러면 안 된다고 교과서에 적혀 있니?"

그 말을 듣고 나는 삐삐의 말이 언제나 내 머릿속 전구에 불을 밝힌다고 생각했습니다.

그리고 나는 '토미와 아니카의 옆에 서서 삐삐가 주는 선물을 받을 수 있으면 얼마나 좋을까.' 하며 잠깐 동안 행복한 생각에 잠기기도 했습니다.

무엇보다 궁금했던 건 '왜 해가 지면 삐삐와 헤어져야 하는가.' 였습니다.

"내일 또 놀러 오려면 이제 집으로 돌아가야지. 집에 가지 않는다면 다신 못 놀러 올 거야. 그럴 순 없잖아."

그렇게 대답하는 순간만큼은 마치 아버지나 어머니 혹은 친구의 부모님 같은 느낌이 들었지만 삐삐의 얘기라면 믿어야 한다고 생각했습니다.

그렇게 삐삐가 화면 속 노을 너머로 사라지고 나면 나는 길고 까만 겨울밤의 입구에 서 있는 나를 발견했습니다.

거실에서는 피아노 교본의 멜로디가 더듬더듬 흘렀습니다.

아버지에게 개인 레슨을 받는 학생의 것이었습니다.

벌써 며칠째 듣고 있는 터라 나도 모르게 따라 하게 되는 '주입식 멜로디' 였습니다.

연탄불을 때는 집의 거실은 언제나 싸늘했습니다.

어쩌면 그 한기가 그 학생의 손가락을, 혹은 마음을 아름답게 만들지도 모릅니다. 나는 안방의 아랫목에 숨어서 담요를 입술까지 올려 덮었습니다.

그곳에는 텔레비전의 위안이 충만합니다.

나의 귓가에는 브라운관 안으로부터 전해져오는 온갖 사람들 얘기가 꿀벌소리처럼 "잉잉"거리고 있었습니다. 나는 그것들을 향해 흐르려는 의식을 차단한 채 천장을 마주 보았습니다. 단순한 도형이 일정한 간격으로 반복되는 벽지 속에서 다른 차원의 세계가 열리고 있었습니다. 한동안 나는 사라져 있었습니다.

거실의 피아노 소리가 멈추고 얼마 지나지 않아 나는 오줌이 마려웠습니다.

종소리에 반응하여 침을 흘리는 파블로프의 개들처럼 언제부턴가 나에게도 일종의 조건반사 같은 것이 생겼나 봅니다. 방문을 열어 텔레비전과 아랫목과 담요와 비밀스런 천장의 세계를 떠나자 불안정한 세계가 펼쳐졌습니다.

뚜껑이 덮여진 거실 피아노는 다시 긴 겨울밤과의 조용한 사투를 시작하려는 참이었고, 욕실에서는 찬물에 세안하시는 아버지의 건전하고 반듯한 움직임이 들려왔습니다. 예상대로였습니다.

이제 조금 있으면 무뚝뚝한 형이 음악을 듣고 있는 방으로 건너가 잠을 청해야 합니다.

거실과 붙어 있는 부엌의 백열등 아래에서 어머니가 날 발견하십니다. 이미 거의 온 집안을 장악한 콩나물국의 수증기와 냄새에 어머니의 목소리가 부드럽게 섞여 다가옵니다.

"배고프지? 엄마가 맛있는 콩나물국 끓이고 있단다. 다시마튀각도 했으니까 조금만 기다리렴."

나는 대답 없이 아버지의 세면대 옆에 서서 소변을 보기 시작했습니다.

차갑고 하얀 변기로 뻗어가는 따뜻하고 노란 오줌줄기를 보며, 겨울밤에 마주치는 콩나물국과 다시마튀각은 나에게 있어서 삐삐의 도움이 절실하게 필요한 위기라는 생각을 갖게 했습니다.

친절한 마돈나 씨

친구와 밤새도록 음악 얘기를 했다. 거짓말처럼 음악 얘기만
했다.

그 안에는 적절한 자기 합리화와 서로에 대한 격려가 있었다.
하지만 헤어질 즈음에는 모든 것이 다시 원점이었다. 언제나
그랬듯이 우리의 얘기는 아무리 눌러 담아도 어디론가 증발해
버렸다. 그래도 나는 그에게 밝은 목소리와 큼지막한 손짓으
로 다음을 기약했다.

그게 최선이었다. 아마 그도 같은 심정이었을 것이다.

하늘은 떨어지는 사과처럼 예정된 수순을 밟아갔다. 거기에
맞춰 사람들이 흘러나오기 시작했다. 어디론가 향하는 발걸음
들. 무표정. 마르지 않은 머리카락. 권태에 채 중화되지 않은

로션과 향수의 물결.

나는 한동안 그들을 바라보았다. 도시의 매연을 마신 찬바람이 나를 깨우자, 이제 그만 집으로 돌아가야겠다는 생각이 들었다. 시간이 갈수록 행복의 조건은 점점 까다로워진다.

그래서 나는 자꾸 누군가에게 확인받으려 하나 보다. 내가 해온 일들, 내가 가진 것들, 내가 할 일들, 내가 가지게 될 것들. 그걸 말해주는 사람이 있어야 겨우 고른 숨을 쉬며 잠을 청한다. 어쩌면 그들은 지쳐가는지도 모른다.

자기가 하고 싶은 얘기보다 상대가 듣고 싶어하는 얘기가 무엇일지 가늠해야 할 테니까. 사실 나는 행복하다. 아니, 행복하지 않을 이유가 없다.

그러니 그냥 '허허' 웃는 나로서 족하다.

그런데 이상하게 생각이 많아진다. 정확히 어떤 이유로 생각이 많아지는지 콕 집어낼 수 없어서 생각이 많아진다. 이런 나에게 나는 얘기한다.

'네가 배가 부르구나?'

정말 나는 '배부른 짓'을 하고 있다. 다른 사람의 입장에서 나를 보면, 그 판단이 더 확실해진다. 그럼에도 불구하고, 나는 매일 밤마다 피어오르는 알 수 없는 부유감浮游感에 시달린다.

그나마 나를 지탱해주는 건 경이로움 그 자체인 아들의 하루 하루다.

이 녀석을 보고 있으면 하나님의 창조를 목격하는 듯하다. 세상 모든 아버지들처럼 나도 '자식'이라는 진통제로 이 시니컬한 세상을 견뎌가게 되려나 보다. 어쩌면 세상에 혁명이 좀처럼 일어나지 않는 것도 그 때문일지도 모르겠다. 아버지의 정의는 자녀의 안전과 행복뿐이므로.

"자, 그러면 다 해결된 거지?"

'행복하지 않을 이유가 없는' 내가 묻는다.

"응, 그런 거 같아."

행복하지 않을 이유가 없지만 '배부른 생각하기 좋아하는' 내가 대답한다.

그리고 둘 사이에는 얼마간 침묵이 흐른다.

집 앞에 도착했을 때는 이미 새소리 상쾌한 아침이다. 노란색 주차구획 안에 자동차를 스멀스멀 움직여 세우고 시동을 끈다. 그리고 카 오디오를 켠다.

얼마 전 깊은 잠을 깨고 나와 동행하는 마돈나Madonna가 〈크레이지 포 유Crazy For You〉를 열창하며 나를 1980년대의 '가난한 행복'으로 데려간다.

그녀의 뒤에는 신디 로퍼Cyndi Lauper가 〈타임 애프터 타임Time After Time〉을 불러 주기 위해 기지개를 켜고 있다.

행복한 아쉬움, 아쉬운 행복

엄마를 눈뜨게 하는 힘! 그건 말야, 엄청난 거야.

아빠도 엄마를 못 깨워.

이 세상에서 은우만이 그 능력이 있단다.

바로 '엄마를 깨우는 힘'.

자정을 넘긴 시각. 방송을 마치고 깜깜한 집에 들어섰다.

꿈꾸는 아내와 아들의 숨결이 거실까지 가득 훈기를 불어넣고 있었다. 나는 조심조심 욕실로 들어갔다.

샤워를 마치고 난 후, 나는 평소처럼 서재 겸 작업실 겸 컴퓨터 방에 들어섰다. 컴퓨터 앞에 놓여 있는 작은 공책 안에서 아내를 만났다.

좀더 정확히 말하자면, 그곳에서 만난 사람은 나의 아내가 아닌 내 아들의 엄마였다.

그 안에서 엄마는 아기와 함께 지내는 날들에 행복하다. 아기의 작은 행동 하나하나에 신세계를 발견한 탐험가처럼 감탄한다. 철부지 딸이었던 자신을 반성하고 진심으로 하나님 앞에 고개를 숙인다.

가만 생각하니 언제부턴가 아내가 너그러워졌다. 그 동안 나는 그것이 내가 남편으로서 아내로부터 당연히 받아야 할 '존중'이라고 생각했다. 하지만 비밀은 다른 곳에 있었다.

이 한 권의 일기가 나로 하여금 그 '비밀'을 깨닫게 한다.

한 페이지 한 페이지 책장이 넘어감에 따라, 내가 알고 있던 여자는 극적으로 사라져갔다. 나와 그녀가 함께한 열정의 계절 또한 과거의 어둠 속으로 잦아들어갔다.

그리고 그 '여자'의 자리에 내가 배워가야 할 한 사람의 '엄마' 가 서 있었다. 나의 아내가 나의 아들을 사랑하는 것이 낯설어야 할 이유는 하나도 없다.

나 또한 내 아내의 아들을 아빠로서 사랑한다. 그러나 내 마음의 어느 귀퉁이에는 알 수 없는 무언가가 내려앉는다. 어떻게 표현할 수 있을까?

행복한 아쉬움이라고 해야 할까, 아니면 아쉬운 행복이라고 해야 할까.

이제는 한 여자의 사랑을 받는 남자로서의 시절이 끝나버렸지만, 그것이 내 아들의 행복과 맞바꾼 변화라는 점에서 '행복한 아쉬움'일 수도 있겠고, 이렇게 아름다운 날들이 유한하다는 점에서 '아쉬운 행복'일 수도 있겠다.

컴퓨터 앞에 우두커니 서서, 나는 내 안에 사는 더럽고 추악한 인간이 불타 없어지길, 그리고 내 곁에 사는 아들과 아내가 '영원토록' 행복하길 기도한다.

분홍색 헤어밴드를 한 아이

오전 9시 15분.

이촌역에서 4호선 전철에 올라 사당역을 향했다.

사람들을 꾸역꾸역 집어삼킨 열차가 입을 스르르 다물고 다음 역의 사람들을 삼키러 서서히 몸을 움직였다. 차창 너머 광고 판들이 점점 빨리 멀어져갔다.

그 안에 담긴 미녀의 복제된 미소와 행복한 내일을 보장한다는 문구 따위가 '어림없다'는 듯 단호하게 나의 시야를 떠났다.

차창 밖에 흐르는 터널의 어둠 속에 이촌역 입구에서 스친 한 걸인의 모습이 새겨졌다.

온누리 교회 서빙고 예배당 앞에서 매주일 볼 수 있는 그는, 언제나 똑같은 옷과 똑같은 바구니로 도움을 요구한다. 오늘

같은 평일에는 예배당 앞보다는 전철역 출입구가 낫다고 판단했나 보다. 시간이 변수로 작용할 수 없다는 점에서 걸인과 광고판의 태도는 닮아 있다. 변하고 싶지만 변할 수 없는 환경이 그들을 지배하고 있나 보다.

전철 안 사람들은 조용했다. 그들은 아무것도 응시하지 않았다. 동시에 모든 것에 경계를 늦추지 않았다. 아무 적의 없이 사물을 바라보는 눈빛은 어느 할머니의 옆에 앉아 있는 꼬마뿐이었다. 그 아이의 분홍색 헤어밴드가 흑백의 시간에 미약한 생기를 불어넣고 있었다.

그 무표정한 공간을 향해 하모니카 소리가 다가왔다. 또 다른 걸인이다. 그의 구역은 지하의 4호선 열차 내부인가 보다. 그는 상당히 깔끔했다. 짧게 잘라 잘 정돈된 머리와 깔끔한 셔츠는, 연민의 기준이 과거와 많이 달라져가고 있음을 느끼게 했다. 그의 목에는 승리를 거둔 운동선수의 메달처럼 작은 테이프 리코더가 대롱대롱 매달려 있었다. 스피커에서는 하모니카로 연주된 '오랫동안 사귀던 정든 내 친구여, 작별이란 웬 말인가. 가야만 하는가?'의 멜로디가 지칠 줄 모르고 뻗어 나왔다. 그 음량이 못 들은 척하기에 곤란할 정도로 컸음에도 불구하고 사람들은 어떠한 반응도 보이지 않았다.

특히 미간에 주름이 깊게 새겨진 어느 중년의 여인은 정당한 대가를 지불하고 올라탄 전철 안에서 수고 없이 돈을 벌고자 하는 사람을 마주해야 한다는 것에 몹시 못마땅해하는 눈치였다. 하필 그녀의 앞에서 멈춰선 걸인은 바구니 안에 수북이 쌓여 있던 지폐들을 주섬주섬 모아서 바지의 오른쪽 호주머니에 챙겨넣는 신중하지 못한 행동을 보이고 말았다.

적어도 동정심이라고는 전혀 찾아볼 수 없는, '미간에 주름이 깊게 새겨진' 중년의 한 아주머니로부터의 도움만큼은 놓쳐버리고 만 것이다.

다시 걷기 시작한 그의 플라스틱 바구니에 은빛 동전 하나가 툭 담겨졌다. 분홍색 헤어밴드의 꼬마가 산천어처럼 재빠른 동작으로 걸인을 도운 것이다. 꼬마는 할머니의 무릎 위로 돌아가 앉아서 아무런 고마움의 표현도 없이 다음 칸을 향해 멀어져가는 걸인을 바라보았다. 꼬마의 선행에 관심을 보인 것은 꼬마 자신뿐이었다.

이촌에서 사당, 사당에서 강남. 그리고 일. 강남에서 사당, 사당에서 이촌. 그리고 집.

하루의 동선이 매일 아메바처럼 분열한다. 오전의 포부는 오후의 권태로 마침표를 찍는다.

한때 내 하루의 시작을 지켜보는 걸인에게 나의 희망찬 걸음걸이를 보여주며, 그도 내가 속한 희망의 대열에 속하기를 바란 적도 있다. 그러나 나와 걸인은 공평한 노을에 젖어든다. 같은 희망과 같은 노을에 의지하며 같은 권태를 느끼는 시한부 존재들이다.

때로는 이와 같은 숙명이 적용되지 않을 것 같은 사람도 보게된다. 무언가를 묻는 노인에게 노골적으로 짜증내며 다른 곳으로 가보라는 개찰구 옆 매표 창구의 무자비한 중년. 적어도 그만큼은 자신이 스스로를 구원할 수 있다고 믿는 것 같았다. 그런가 하면 개찰구를 빠져 나오는 나에게 반갑다고 외치는 낯선 중년이 영문 모르는 날 향해 능글맞게 웃으며 얘기한다.

"에이, 고등학교 후배도 못 알아봐?"

후배라면서 선배에게 반말로 얘기한다.

"잘 지내지?"

또 반말이다.

그는 내 어깨를 제법 세게 툭 치고 어느 새 돌아서서 가던 길로 휑하니 사라져버린다. 멀어지는 그 낯선 사람을 보며 나는 잠시 그 자리에 서 있었다.

내가 아는 한

남학생이 거의 없었던 나의 모교를 나온 남학생 가운데 이렇게 전혀 기억이 나지 않는 얼굴이 있을 수 있다고는 보기 어렵기 때문이었다.

만약 그가 의도적으로 거짓된 행동을 한 거라면, 그래도 이해할 수 있는 구석이 없지 않아 있다.

우리는 매일 아침, 혹은 오후의 선택권 없는 궤도에 크고 작은 변수를 가하며 존재를 확인하고 싶기 때문이다.

떠난 자의 행복

"나, 이운열이야."

내가 "여보세요."라고 말을 하기 무섭게 낯선 목소리로 재생된 권위적인 이름이 돌아왔다.

나는 짧은 순간 그가 누구인지에 관해 적지 않은 혼란을 느끼며 내 기억 속 명단을 꺼내어 빠르게 훑어보았다. 경험으로 미루어 그는 일종의 권력자임이 분명했다.

마치 양반과 천민이 엄존하던, 그러니까 비합리가 합리이던 시대의 수혜자처럼 그는 "이리 오너라." 대신 "나, 이운열이야."라는 말을 툭 던지는 것이다.

만약 내가 "저어, 실례지만 누구…… 신지."라고 되묻기라도 한다면 그는 상당히 불쾌해질 것이다. 그렇게 된다면 지금껏 그래왔듯 나는 미운털이 박혀 그 권력자의 날갯죽지 아래 있는 수많은 이들로부터 알게 모르게 철퇴를 맞을 것이 분명한 터였다.

이런 경우에는 생각하기 전에 행동부터 하는 것이 좋다는 판단으로 나는 얼른 인사를 했다. 그리고 그가 누구인지의 단서를 얻기 위해 안부를 물었다. 그러나 그는 내 의도대로 움직여주지 않았다. 별 대답 없이 나의 안부를 되물어온 것이다. 그것은 내가 그를 얼마나 기억하는지를 알아보려는 일종의 테스트 같았다. 나는 얼마 전 공연을 했던 일과 그 준비기간 동안의 고된 연습으로 몸이 많이 상했다는 최근 상황을 전했다.

사실 가수에게 있어서 공연이라는 것은 지극히 개인적인 문제인 동시에 상대방이 누구건 간에 공개할 수 있는 내용이기도 하다. 그러므로 기억해내기 어려운 이가 안부를 물어올 땐 이런 소재를 잘 활용하는 편이 좋다. 듣는 이가 자신을 나와 가까운 사람으로 여긴다면 나의 건강을 먼저 염려해줄 것이고, 단지 사무적인 관계라고 느낀다면 "음…… 그렇구나. 공연이 있었구나."라고 생각하며 넘어갈 것이다.

"그 동안 찾아뵙지도 못 했네요. 건강하시죠?"

내가 그의 안부를 물었다. 이번만큼은 그도 나름의 힌트를 줄 것이라 기대했다.

그러나 그는 여전히 내 의도대로 움직여주지 않았다. 별 대답 없이 본론으로 들어간 것이다.

그의 제안은 나의 상황에서는 받아들이기 어려운 것이었지만 받아들이는 게 신상에는 좋을 것 같았다. 그래도 안 되는 건, 안 되는 것이다. 나는 그가 이미 정해놓은 일을 정중히 사양하느라 진땀을 빼야 했다.

그는 내가 충분히 느끼고도 남을 만큼 떨떠름한 말투로 "그래?…… 할 수 없지, 뭐."라고 말한 후 전화를 끊었다. 그 말이 남긴 여운은 마치 형사 콜롬보가 용의자에게 "아! 제가 깜박한 게 하나 있네요."라며 남기고 간 의미 모를 질문과도 같았다.

나는 오늘의 사건이 앞으로 나에게 어떤 식으로 작용하게 될지에 대해 잠시 생각해보았다.

여러 가지 가능성과 나름의 해법을 고민해보았지만 결론은 '이 문제에 관해 내가 할 수 있는 일은 아무것도 없음.'이었다.

그리고 휴대폰은 인간이 만들어낸 것 중 가장 성능 좋은 족쇄라고 생각했다.

떠난 자의 행복.

전기의 힘이 다다르지 않는 심심산중에서 그는 촛불을 밝힌다. 불꽃의 작은 몸짓에도 그의 얼굴에 드리워진 그림자는 몸을 떤다. 그만큼 모든 것이 고요하다. 그곳에서 시간은 소멸하지 않는다. 그만큼 모든 것이 한결같다.

도시가 권장하던 수평 수직의 공간은 곡선으로 이루어진 그의 육신과는 처음부터 맞지 않았다. 그가 이곳을 찾으며 가장 두려워했던 건 외로움이었다.

처음에는 '해가 뜨고 해가 진다.'는 단순한 현상만이 반복되는 듯했다. 그러나 시간이 지나면서 그의 모든 감각에 그를 둘러싼 현상들이 하나둘 감지되기 시작했다. 달빛이 만들어 그의 창호지 문에 새기는 기묘한 실루엣들. 그들의 정체 모를 의식.

이름 모를 나무의 야윈 가지 사이를 통과하고 어느 어둠 속 조용히 숨죽인 야행성 동물의 거친 털을 쓰다듬고서 그의 오두막 앞에 당도한 바람의 흐느낌. 밤의 음기를 이겨낸 작은 새가 반기는 아침 햇살의 감촉. 숲속 어디선가 흐르고 있을 물줄기의 복잡하고도 담백한 기도. 그들은 그가 처음 이곳에 오기 전부터 언제나 그 자리에 있어왔다. 단지 그의 마음이 굳게 닫혀 있을 뿐이었다.

무언가 새로운 일이 없으면 그 하루가 의미 없이 흘러갔다고 생각하도록 그는 세뇌되어왔던 것이다. 그런 오랜 생각의 습관을 바꾸기란 좀처럼 쉬운 일이 아니었다. 시간이 지나면서 그는 자신이 온전히 그 자신의 중심에 안착해감을 느낄 수 있었다.

그의 곁에는 초 하나가 제 몸을 태우며 눈물을 흘리고 있었다. 방안에는 그의 숨소리와 가끔 넘기는 책장의 소리만이 떠다녔다. 그 배경에는 풀벌레 소리가 먼 파도소리 같았다. 그러다가 별안간 약속이나 한 듯 모든 벌레가 일제히 소리내기를 멈추면 그 역시 약속이나 한 것처럼 내일은 시내에 나가서 쌀을 사와야겠다는 생각을 했다.

펀치 드렁크

'지난 밤에는 왜 그렇게 말이 많았을까.' 하는 자책으로 눈이 떠졌다.

토요일 오전 11시. 가족이 모두 외출 준비에 분주했다.

나는 한동안 거실의 소파에 멍하니 앉아 있었다. 반쯤 눈을 감고 있는 나의 비스듬함과는 대조적으로 아내는 생기가 넘치는 모습이었다. 굳이 비유하자면, 도토리들을 주워 모으며 나무를 오르내리는 다람쥐 같았다. 그 시야에는 내가 들어설 자리가 없어 보였다.

오랜만의 외식이었고, 아내의 분위기도 늦잠을 잔 나를 그렇게 못마땅히 여기는 눈치는 아니었지만, 무조건 반사처럼 미안한 마음이 스멀스멀 피어오르는 걸 막을 수는 없었다.

그래서 나는 이미 준비가 끝난 아내의 짐들을 괜히 이리 옮기고 저리 들어다 놓고 하는 이상한 행동을 했다.

그 '이상한 행동'은 유모차와 아이스박스와 커다란 쇼핑백을 자동차의 트렁크에 옮겨 싣는 성실함을 보인 뒤에야 비로소 끝을 맺었다. '나도 뭔가 도움이 되는 일을 했구나.' 하는 안도감이 들었던 것이다.

자동차의 시동이 걸리기 전, 나는 차 안의 아기에게 뽀뽀를 하고, 아내에게 손을 흔들고, 장모님과 장인어른께 정중히 인사를 드리고 집으로 돌아왔다.

"오늘 뉴스는 뭔지 어디 한번 볼까?"

나는 집안에 들어서기 무섭게 거실에 자리를 잡고 텔레비전을 작동시켰다. 무엇보다 마음껏 음량을 높일 수 있다는 점에서 은근한 '해방감' 같은 것을 느꼈다.

화면 속에서는 신뢰감을 주는 진행자가 한 주간 방송된 자사의 프로그램에 관한 시청자와 전문가들의 비판을 듣고 의견을 수렴하는 일에 열중하고 있었다.

토요일 낮에는 방송사들이 겸손해진다.

이러한 현상은 알 수 없는 힘에 의해 예정된 수동적 결과이지, 결코 능동적 선택이 될 수가 없다고 그 언젠가 아버지는 주장하셨다.

나는 토요일 낮에 유독 라면이 맛있게 끓여지는 것도 같은 이치라며 아버지를 거들었다.

그날은 집안의 모든 창문을 굳게 닫아야 할 정도로 바람이 심하게 불고 회색 구름이 하늘에서 소용돌이를 일으키는 토요일이었다.

말이 자체 평가이지, 결국은 자사의 프로그램 홍보를 하거나 몇몇 프로그램의 담당 연출자가 나와서 자기 합리화에 대부분의 시간을 써버리고 있었다.

입을 반쯤 벌리고 카메라의 시선을 따라가다 보니, 어느덧 '신뢰감을 주는' 진행자가 끝인사를 할 차례가 됐다.

시청자께서 보내주신 귀한 의견에 **감 사 드 리 겠 습 니 다.**

여러분 한 분 한 분의 목소리는 저희가 **방 송 프 로** 를 제작하는데 정말 값진 도움이 되고 있습니다. 앞으로도 많이 **가 르 켜** 주시구요, 변함없는 적극적 참여…… **바 라 겠 습 니 다.**

요즘 밤잠 설치면서 **테 레 비** 보신 분들은 모두 느끼셨겠지만, 이번 월드컵을 통해 얻은 귀한 결실…… 아시죠? 온 국민의 하나됨은 어떤 어려움이 다가와도 이겨낼 **저 희 나 라** 의 저력을 세계만방에 떨친 좋은 계기였던 것 **같 습 니 다**. 아무쪼록 이런 뿌듯한 일이 월드컵에서만 있는 현상이 아니라, 계속 이어질 수 있는 **저 희 의** 참모습이길 **바 래 봅 니 다**.

바람직하지 않은 표현들로 끝인사를 마친 진행자가 사라지고 광고가 나타나자, 나는 부엌으로 걸어가 냉장고 문을 열었다.

시원한 보리차를 벌컥벌컥 마시며 나는 생각했다.
〈실수를 지적하는 프로그램에서 일어난 실수〉라는 프로그램도 나름대로 재미있겠군.

데자뷰

밤. 좁은 인도. 찻길을 등지고 얼기설기 이어지는 노점상들.
매연과 만난 차가운 바람 냄새.

통증을 동반하는 침 삼킴. 허리에 동통.

함께 일하는 사람들과 회식중인 아내를 기다리다가 가볍게 읽
을 책을 사야겠다고 생각했다.

나는 걷기 시작했다. 얼마 되지 않아 소방서와 경찰서가 떡하
니 버티고 있는 큰 사거리가 나왔다. 횡단보도 앞에 서서 먼
어둠 속으로 빨려들어가는 건너편의 도시를 보았다.

나는 신호가 바뀌면 그 어둠 속으로 용감히 걸어가리라고 다
짐했다. 나의 등 뒤에서는 한 남자와 그 남자를 오빠라고 부르
는 한 여자가 먹고 싶은 음식들을 열거하는 일에 열중했다.

배추를 절이는 굵은 소금처럼 진눈깨비가 뿌려지고 있었다.

녹색의 보행자 신호가 '이리 오셔요, 어서. 이쪽이 더 안전해요. 이리 오셔요.' 라고 나를 불렀다.

아스팔트 위 하얀 구름다리를 건너 버려진 상가 곁의 어둠 속을 관통해 나아갔다.

'만두 한 판에 천원'이라고 쓰여진 포장마차가 신세계의 입구처럼 불을 밝혀두고 나를 처음으로 맞이했다. 그 너머 길 건너편에는 커다란 신축 건물이 보였다. 1층에는 이진법으로 만들어졌음직한 통신업체 매장이 말끔하다. 진열대 안에서는 관능미를 자랑하는 여자가수의 사진이 값비싼 조명을 온몸에 끼얹고 있었다. 그 여자는 휴대폰을 들고서 지나가는 모든 이에게 최선의 미소를 공평하게 선사했다. 단돈 10원도 내지 않고 아름다운 미녀의 친절을 경험하는 것은 일종의 혜택이다. 아마 그 통신업체가 '기업은 경영을 통해 얻는 부를 사회에 환원한다.' 는 다짐을 실천하고자 이런 방법을 썼나 보다.

'이번엔 당신이 주인공입니다.' 라는 복권 판매 문구가 블록과 블록을 나누는 좁은 골목의 어둠 속에서 행복의 공수표를 남발하고 있었다. 나의 왼편으로는 형형색색의 간판들이 금방이라도 내 머리와 노점상들과 차도 위에 쏟아져 내릴 것같이 촘촘히 늘어서는 중이었다.

에이스 경주장, 25시 설렁탕, 민속촌 주점, 호프 포인트, 향아 다방, 앗싸 노래방, 장군네 보쌈, 에펠탑 제화, 인터넷 가구 D.C 마트, 허슬러 당구장…….

마치 그들은 심연으로 가라앉은 이름 모를 동물의 주검에 다닥다닥 달라붙은 어패류 같았다.

가끔 쉼표를 찍어주는 골목이 나타나지 않았다면, 나는 내가 빙빙 돌아가며 반복되는 간판들을 배경으로 제자리걸음을 하고 있다고 믿었을지도 모른다. 보도블록 사이사이에는 부패한 생선의 몸에서 나온 물과 사채업자의 침과 취객의 오줌이 느릿느릿 흘렀다.

간판 숲이 끝나자 어둠만이 남았다.

고딕의 도로와 가로수만이 그 어둠을 착실히 분할해두고 잠들어 있었다. 그들은 이불을 걷어차고 자유로워진 어린아이의 종아리처럼 인간을 벗어나 편안한 숨을 쉬고 있었다.

결국 서점은 찾지 못했다. 한숨.

하얀 입김이 나의 전환점에 새겨졌다. 도시는 먹고 마시고 취하고 부패하고 속고 속이는 일에 열중한다는 진리를 새삼 확인하는 순간이었다.

유턴. 왔던 길로 되돌아가기. 진눈깨비의 진화. 겨울 비.

이번에는 오른편으로 간판들의 촘촘한 행렬. 왼편으로 노점상들과 차도와 그 너머 신축 건물 속의 디지털 미녀……

무채색의 잠바를 입은 남자 두 사람이 아무 말 없이 내 뒤에 걷고 있었다. 나는 그들이 돌변하여 나의 옆구리에 예리한 송곳을 꽂아넣고 나의 바지 뒷주머니에 있는 지갑을 꺼내갈 거라는 불길한 예감이 들었다.

인적이 드문 틈을 놓치지 않은 그들은, 불과 10여 미터 뒤에서 사람이 걸어오는 와중에도 숨이 끊어져가는 나의 주머니들을 뒤지며 서로 농담을 건네는 여유를 보일 것이었다.

나는 사람이 많은 약국의 조명 앞에 멈춰 서서 그들이 지나가기를 기다렸다. 그들은 자신들이 전혀 그럴 의향이 없었다는 듯 내 앞을 지나 유유히 멀어져갔다.

나는 내가 과민했거나 그들이 완벽하게 연기를 해낸 것, 둘 중 하나라고 생각했다. 평소에는 벗어나고 싶기만 했던 도시의 군중이 그렇게 구원처럼 느껴진 건 처음이었다.

나는 얼마간 안도감 속에 몸을 맡기고 사람들 틈에 서 있었다. 그리고 다시 걷기 시작했다.

아까는 보이지 않았던 시장의 입구가 나타났다. 오랜만에 만난 재래시장이 초등학교 동창처럼 서먹하면서도 반가웠다. 거기에는 방향만 살짝 틀면 바로 들어설 수 있는 소박한 길이 나 있었다. 그러나 그 안의 사람들에게는 좀처럼 쉽게 들어갈 수 없었다.

어린시절 시장에서 만나던 인심과 활기는 유통구조의 혁명(?)으로 그 자취를 감춘 상태였다. 그들은 나에 대해 무관심했지만 동시에 나를 주시했다.

아름드리나무 그루터기 같은 도마 위에서 육중한 칼이 털 뽑힌 닭의 몸을 조각내고 있었다. 작은 수족관에서는 전어들이 기포를 향해 마치 바람에 펄럭이는 깃발처럼 지느러미짓을 하며 아직 살아 있음을 서로에게 증명하려는 것 같았다. 주방용품 도소매점에는 대량생산된 냄비들이 차곡차곡 쌓인 채 나를 맞이했다. 주인은 부부로 보이는 중년의 남녀였다.

나는 라면에 어울리는 양은 냄비를 하나 사기로 결심했다. 두 사람은 내가 물건을 고르는 내내 입을 굳게 다물고 그들 앞에 놓인 텔레비전에 시선을 고정하고 있었다.

"이거 얼마예요?"

"오천원요."

나는 값을 치렀고 주인 아주머니는 양은 냄비를 내게 건넸다.

검은 비닐봉지에 담긴 양은 냄비가 딸그락거리며 아내를 향한 나의 발걸음을 재촉했다.

갈기를 추억하다

금요일 밤의 홍익대학교 앞은 언제나 겨울이다.

사월에도 눈이 내린다. 젊음은 그렇게 하얗다. 저마다 예리하고 부러지기 쉬운 눈의 결정으로 숨쉰다. 편의점 앞에 이리저리 흩날리는 쾌락의 허물 위에서도, 거리 한 귀퉁이의 벤치 위에서도 눈은 하얗고 하얗다.

조개탄을 때던 초등학교 시절, 어느 겨울날. 아이들은 화단에 내려앉은 눈을 두 손으로 쓸어 모아 꾸욱꾸욱 뭉쳤다. 그리고 단단해진 그 덩어리를 발갛게 달아 있는 난로 위에 올려놓았다.

"치이이익…… 치이익……."

울부짖으며 눈은 소멸해갔다. 날카롭지만 연약한 결정은 그 아름다움을 모두 불꽃 위에 던져넣는다. 그렇게 젊음은 소멸

해간다. 나는 그 현장에 서 있다.

어떤 젊음은 꾸미지 않아서, 어떤 젊음은 꾸며서 아름답다.

물론 몸이 늙어도 마음이 젊으면 그것이 젊음이라고 말하거나, 경우에 따라서는 '젊음'이라는 말 자체를 부정할 수도 있을 것이다.

하지만 내가 어떤 명분으로 젊음을 국유화國有化하든, 조용한 촛불을 응시하며 그것의 서투름을 얘기하든, 젊음은 젊음 그것만의 특권으로 존재한다.

지인이 아주 오래 전 그가 목격한 나의 뒷모습을 전한다. 나의 마음이 읽힌 건지도 모르겠다. 그는 포도주를 어떤 단계로 먹어야 하는지와 거기에 어울리는 음식에 관해서 생각을 하는 세심함이 있는 사람이다. 또한 그런 것들이 자칫 격식을 위한 격식이 되지 않도록 마음을 넉넉히 열어두고 있다. 그런 '세심한' 이에게서 전해듣는 내 젊은 날의 뒷모습은 새롭기 그지없다.

'아…… 내가 그랬구나. 내 목소리가 그랬구나. 내가 만든 곡들이 그랬구나.'

나는 그에게서 오래 전 잃어버린 나를 배워갔다. 하나둘 되살아나는 내 젊음의 계절은 오늘의 회상을 위해 채워진 그의 지난 날 곁에 함께 놓여졌다.

"그때는 두려운 게 없었는데……."

나는 혼잣말을 했다. 나의 그 '혼잣말'은 그를 잠깐이지만 깊은 침묵 속으로 빨아들였다.

내가 나의 과거 어느 지점 위에 발을 딛고 있는 동안, 그의 의식도 잠시 현실의 자리를 비웠다. 아마도 그만의 어느 시간과 공간에 가 있었으리라.

나는 또 한 번의 혼잣말을 내려놓았다.

"그때는 잃을 게 아무것도 없었으니까……."

그는 테이블 위에 시선을 놓아둔 채 천천히 고개를 끄덕였다.

그는 음악을 무척 좋아하는 영화인이다. 나는 낚시를 무척 좋아하는 가수다. 우리는 '하고 싶은 것'과 '잘 할 수 있는 것'의 강을 사이에 두고 각자의 강변에 서 있었다.

그리고 말없이 물결 너머의 서로를 바라보았다.

완성되지 못한 그의 꿈은 여전히 초원을 달린다. 그는 꿈의 목덜미에 물결치던 갈기를 추억했다. 그의 젊은날은 뜨거운 태양 아래 붉은 피가 뿌려지는 살육이었지만, 언제나 그 갈기만큼은 아름답게 빛났다. 그렇다고 해서 그가 과거에만 머문다고 볼 수는 없었다.

그는 현실을 긍정함으로써 자신이 지나온 풍랑을 평화로운 항구로 이끄는 일도 결코 잊지 않았다. 그런 공평함이 그의 지난날을 더욱 돋보이게 했다.

대화가 무르익어갈 무렵, 옆 테이블의 한 연인이 실랑이를 벌이기 시작했다. 그 원인은 뜻밖에도 우리였다. 좀더 엄밀히 말하면, '음악을 무척 좋아하는 영화인'의 시선이 그 발단이었다. 그는 아무 뜻 없이, 심지어는 초점도 없이 나의 어깨 뒤로 펼쳐진 공간을 바라보았을 뿐인데, 하필 그 위치에 호전적인 청년의 얼굴이 있었던 것이다.

나를 등지고 앉은 여자는 흥분한 남자친구를 말리느라 애를 먹고 있었다. 그러나 여자 친구가 막으면 막을수록 그 청년의 오해는 확신이 되고 분노가 되어갔다. 알코올은 그 과격함을 더욱 부추겼다. 그런 상황이 되면 어찌해야 할지 모르겠다. 계속 보자니 상대가 달려들 것 같고, 피하자니 내가 비겁해지는 것 같고. 사실, 아무 뜻 없는 시선이었다는 설명을 해주는 게 가장 좋은 방법이겠지만, 남의 뜻 없는 시선 따위에 시비를 거는 사람이 과연 그런 기회를 줄 것인지에 관해서는 의문이 들지 않을 수 없다.

언제나 궁금한 점이지만, 젊은 시절의 남자들은 왜 그렇게 모르는 사람의 시선에 호전적인지 모르겠다. 그런 성향을 결정 짓는 것이 정말 나이의 문제일까? 아니면 인격의 문제일까?

홍익대학교 앞의 어느 와인 바에서 나는 젊음을 추억한다. 그리고 어떤 젊음은 세월이 흘러 추억할 자신의 서툰 정의를 시간 위에 열심히 새기고 있다.

강정식 부장님의 변신

강정식 부장님을 처음 만난 건 내가 3집과 4집 앨범을 계약한 음반회사에서였다.

그때의 나는 내가 하는 일에 대해 지나치게 확신하고 있었고(물론 갓 스물 때만큼은 못했지만) 야망이 있었다. 그래서였는지 때로는 나의 신념어린 삶을 다른 이에게도 적용하려 들곤 했다.

따라서 가수가 연기를 하거나 연기자가 노래하는 모습을 보게 되면 나는 씁쓸한 미소를 지었다. 참 경솔한 일이었다. 심지어는 왜 그런 생각을 하며 살았는지도 잊어버렸다.

그렇게 보면 지금의 내가 믿고 있는 옳고 그름도 반드시 맞는 거라고는 할 수 없다.

20대 중반의 불완전했던, 하지만 교만했던 나에게 있어서 강정식 부장님은 내가 소속된 음반사의 평범한 간부였다. 고로, 당연히 그는 나의 관념대로 주어진 직책에 충실한 직장인이고, 앞으로도 그래야만 했다.

우연한 기회로 나는 그에 대한 새로운 사실을 알게 되었다. 그는 낚시 광이었다.

물론 지금만큼은 아니지만 나 역시도 웬만큼 낚시에 관심이 있던 터라 그와의 대화는 자연히 낚시 여행으로 이어졌다.

장소는 안동 댐. 대상 어종은 은어.

그 여행을 통해 나는 그가 낚시를 엄청나게 좋아한다는 사실 말고도 그에 대한 또 다른 사실을 알게 되었다. 만약 그가 임금님이었다면 '임금님은 달변가!' 라고 사람 없는 갈대밭에서 크게 외쳤을지도 모른다. 그 정도로 그의 얘기는 재미있고 맛깔스러웠다.

만약 그 한 번의 낚시가 아니었다면, 나는 얼마 후 그에게 벌어진 변화에 적잖이 당황했을 것이다.

어느 날 갑자기(나름대로 차근차근 준비하셨겠지만) 영화에 조연으로 출연하고 낚시 채널의 프로그램 진행자가 된 것이다.

생각해보라. 조용하고 평범했던 회사 간부가 어느 날 갑자기 영화배우와 텔레비전 프로그램의 진행자로 등장하는 상황을.

"편대비행중인 암탉을 본 것 이상으로 새롭지 않을까요."

사실 영화상에서는 그의 밝은 표정이 어디까지 진짜인지 분간할 수가 없었다.(정해진 연출과 대사가 있었을 테니까.) 그러나 낚시 채널의 진행자로 나타난 그는 진정 행복해 보였다.

화면 속 그의 목소리는 언젠가 나와 함께 은어를 잡으러 가던 그날처럼 흥분되어 있었다. 마치 동물원에 놀러 간 어린아이 같았다.

사람이 살면서 하고 싶은 일과 해야 하는 일이 일치하는 상황은 얻기 힘든 기회이다. 나는 그가 부럽다는 생각과 함께 처음 기타를 치기 시작한 어느 겨울을 회상한다.

그리고 꿈꾸던 눈빛을 지금은 잃었음을 깨닫는다.

처음의 나는 하고 싶은 일과 해야 하는 일이 일치하는 상황에 있었다. 하지만 언제부턴가 나는 하고 싶어 해온 일과 그 일 때문에 해야 하는 하기 싫은 일에 지쳐왔다.

그렇게 보면 지금 내가 그토록 좋아하는 낚시도 광적인 취미로 남겨두는 편이 낫겠다는 생각이 든다.

낚시마저 싫어진다면 정말 밋밋한 삶이 될 것 같다.

클로징 타임

BGM 드뷔시Debussy - 레버리Reverie

"세미소닉Semisonic의 〈클로징 타임Closing time〉……오늘 끝 곡
입니다. 저는 내일 밤, 다시 찾아올게요. 편안한 밤 되세요."

여느 날처럼 큰 사고 없이 그렇게 마지막 노래가 흐른다.

원고를 주섬주섬 챙기고, 헤드셋을 벗으며 피디와 인사를 나
눈 후 부스를 빠져 나온다.

다음 프로그램 진행자인 이정식 선배님과도 인사를 나누고,
콘솔 앞의 엔지니어에게도 인사를 잊지 않는다. 엘리베이터
에 함께 오른 스태프와 최종적인 인사를 나누며 내일을 기약
한다.

모두가 2층에서 내리고, 나는 1층으로 향하는 쇠붙이 통 속에 잠시 혼자 남겨진다.

짧지만 길게 느껴지는 공허. 그것이 순간을 영원으로 늘여놓는다.

어두운 로비를 가로지르며, 그곳을 지키는 청원경찰과도 오늘의 마지막 인사를 나눈다.

매일 밤 그 일은 복사된 것처럼 똑같이 이루어진다. 건물은 회전문을 통해 나를 밖으로 밀어낸다. 밤은 무겁게 젖어 있다. 그래도 나를 기다리고 있었나 보다.

BGM 팻 메스니Pat Metheny - 파머스 트러스트Farmer's trust

휴대폰을 꺼내든다.

잠들어 있던 아내를 굳이 깨워서 지금 방송이 끝났다는 당연한 사실을 알려준다.

"응. 그래. 조심해서 들어와."

잠에 취한 아내가 이촌동 어느 건물의 어둠 속에서 나를 격려한다. 그리고 나와 나의 휴대폰을 목동에 남겨놓은 채 사라진다. 아무리 가까워도 공유하지 못하는 것이 있다. 잠의 문제가 그렇다. 아무리 사랑하는 사이라고 해도 잠의 세계로 들어가는 상대를 막을 수는 없다.

나는 때가 되면 잠들어야 하는 내 사랑하는 사람들과 나의 숙명에서 잠시 슬픔 같은 것을 느낀다. 하지만 괜찮다. 조금 있으면 쌔근쌔근 잠든 내 새끼의 향기를 만난다.

내일 아침에는 아내와 산책을 해야겠다. 내일 아침에는 아들과 산책을 해야겠다.

달에서 온 편지

게릴라성 폭우가 쏟아지던 날

1

한때는 한국 사람이 미국에 가려면 허가를 받아야 했다.

나의 아버지의 아버지는 지금 내게 한국 입국심사를 받으러 온 '네오 플래닛'이라는 미국인이 짓는 표정을 짓고 계셨을 것이다. 그것도 '플래닛 가문'의 일원 앞에서.

잠재적 범법자의 누명을 벗기 위한 교묘한 표정.

번호표와 구비서류를 제시하는 미국인은 대부분 미소를 지어 보이지 않는다. 그렇다고 미간을 찡그리지도 않는다. 필요 이 상으로 우호적으로 보인다면 오히려 더 의심을 살 수도 있으 며, 정당한 권리 운운하며 고개를 빳빳이 든다면 심사하는 쪽 의 칼자루에 언제 베임을 당할지 모를 현실을 잘 알고 있기 때문이다.

나는 창구유리 너머에서 초조함을 감추며 판결을 기다리는 미국인들을 보며, 역사 교과서에 등장하는 과거 주한 미국대사관의 적색구역Red Zone을 서성였을 내 아버지의 아버지를 그려본다.

2

사실, 주미 한국대사관으로 처음 발령이 났을 때 나는 앞이 캄캄했다.

서울이 아닌 워싱턴.

그곳에서 나와 아내가 겪어야 할 문화적 후진성은 둘째치고라도, 아이의 교육문제가 막막했기 때문이다. 다른 건 몰라도 교육의 질만큼은 한국을 떠나면 안심이 안 된다.(이 점은 국적을 불문하고 누구나 잘 알고 있다.) 그래서 나는 아내를 설득했다. 처음 얘기를 꺼냈을 땐 아이와 떨어져 지낼 수는 없다며 완강히 버틴 그녀였지만, 교육에 관한 현실 앞에서는 고개를 끄덕일 수밖에 없었던 것이다. 결국 아이는 한국에 남았고, 아내는 남편과 아들 사이를 오가며 분주한 나날을 보내고 있다.

오늘은 아침부터 게릴라성 폭우가 쏟아지고 있다. 날씨 때문에 한국 입국 신청자가 적을 거라고 생각하면 오산이다. 그들의 필요가 구름이나, 뙤약볕이나, 빗방울이나, 낙뢰에 사라지는 일은 결코 없기 때문이다. 하지만 우리가 날씨까지 배려해줄 수는 없는 일이다.

'네오 플래닛' 씨도 비를 적잖이 맞은 모양이다. 젖은 머리를 손으로 쓸어 넘기며 자신의 입국 신청서류를 검사하는 내 앞에 공손하게 서 있다. 휴게실에서 커피를 뽑아오는 동료들에게 듣자 하니, 오늘은 바람이 심해서 우산도 소용없을 거라고 한다.

그는 이 커다란 건물을 한 바퀴 둘러싼 대기자들의 줄 어딘가에 서서, 사방에서 놀붕에 실려 오는 빗물을 막느라 정신이 없었을 것이다. 어쩌면 바람이 너무 강해서 우산이 뒤집어졌을지도 모른다. 그로 인해 서류들을 떨어뜨렸을 테고, 당황한 그는 비바람에 날아오르거나 도랑에 떨어진 종이들을 주워 모으느라 한바탕 춤판을 벌였을 것이다.

어떤 면에서는 미안한 일이지만, 나로서도 그에게 주어진 출생의 운명을 바꿔줄 수는 없다.

'네오 플래닛'은 한국 입국심사를 받아야 할 미국인으로, 나는 그를 심사하는 한국인으로 태어났다.

3

유학목적 입국허가를 받으러 오는 미국인을 볼 때면 사실 조금 걱정이 된다. 심사를 하다보면 적지 않은 사람이 한국어에 상당히 서툴다는 걸 알 수 있기 때문이다.

예를 들면, 나이가 서른다섯이었던 '슈마크 화이트' 씨와의 면접이 그러했다.

"어느 지역, 어느 학교에 입학하실 예정이죠?"

"콩푸, 요핵, 쉬품…… 미타."

입가를 파르르 떨며 파란 눈의 슈마크 씨가 대답했다.

"아, 네. 유학 가서 공부하고 싶다고요? 물론이죠. 그래서 이 자리에 오신 거고요."

내가 친절하게 설명했다.

"음, 잘 들으세요. 한 번 더 묻겠습니다. 어, 느, 지, 역, 어, 느, 학, 교, 에, 입, 학, 할, 예, 정, 이, 죠?"

내가 한 음절, 한 음절을 '꾸욱꾸욱' 눌러 발음해주었다.

"한, 쿡 마알…… 얀 쑤, 패워 고우, 쉬품…… 미타. 쿠뤼코우…… 콩푸, 요핵, 쉬품…… 미타."

그렇게 해서, 슈마크 화이트라는 사람이 '한국어 어학연수'를 먼저 받을 거라는 사실을 알아내는데 짧지 않은 시간이 소요됐다. 그가 어느 지역, 어느 학교에 갈 것인지와 불법체류의 여지는 없는지에 관해 알아내는 일에는 당연히 훨씬 많은 시간이 쓰였다.

정말이지, 힘든 일이 아닐 수 없다.

가끔은 내가 한국 입국심사를 하는 사람인지, 아니면 한국어 선생님인지 헷갈릴 때가 있다.

그들을 존중하지만, 말도 제대로 못하면서 그 어려운 한국의 교육을 받겠다고 나서는 그들의 용기를 가끔은 말리고 싶다.

그림을 잘 그리는 소녀 스마테스

"만약 저를 반장으로 뽑아주신다면 저의 그림 그리기와 만들기 실력으로 학교를 아름답게 꾸미겠습니다. 그리고 떠든 사람들에게 내도록 하던 벌금도 지나치게 많다고 생각합니다. 저는 절반으로 내리도록 하겠습니다."

파란색 머리띠로 단정하게 머리를 쓸어 넘긴 스마테스가 칠판을 등지고 서서 반장 후보연설을 하고 있었다. 아홉 살밖에 되지 않았음에도 불구하고, 이 소녀의 말은 설득력 있고 정확했다. 반 친구들 대부분이 초대된 사흘 전의 생일파티는, 이틀 뒤에 있을 반장선거에서 스마테스를 당선시켜줄 약속과도 같았다. 왜냐하면 아이들 모두가 그날 준비되어 있던 음식의 풍

족함에 비례해 이미 이 총명한 반장후보에게 매우 우호적이
되어버린 상태였기 때문이다. 45명의 학급 인원 가운데 26명
이나 반장선거에 출마했다는 건 놀라운 일이지만, 가만히 들
여다보면 실질적인 경쟁은 없었다.

사실 이와 같은 표면상의 경쟁은 스마테스의 반장 당선을 오
히려 더 값어치 있고 대단한 일로 만들어줄 포장에 불과했다.

3분 분량의 연설문을 또박또박 읽어내려간 스마테스는 반 친
구들 모두를 천천히 둘러보며 눈을 마주친 후, 교단에서 내려
왔다. 그녀가 후보연설 내내 머금고 있던 미소는 제자리에 앉
은 이후에도 한동안 지속되었다. 그것은 마치 천재 화가가 목
탄으로 그려놓은 멋진 미소를 픽사티브(정착액)로 고정해놓은

것 같았다. 어조와 시선, 설득의 순간과 손동작 또한 그 조화가 절묘하기 그지없었다.

그러나 그런 일을 하는 동안에도 이 소녀의 머릿속에는 집에서 기다리고 있을 바우워프에 관한 생각뿐이었다. 인형이나 카드 혹은 학용품이나 책 따위의 선물들은 거들떠보지도 않았지만, 하얗고 보드라운 털을 가진 바우워프에게만큼은 송두리째 마음을 빼앗겨버린 것이다.

'무엇보다 강아지의 배는 참 따뜻해.' 라는 얘기가 연설도중에 난데없이 튀어 나오려는 바람에 사실 스마테스는 몇 번이나 남몰래 가슴을 쓸어 내려야 했다.

엄마의 돈을 받은 가정교사로부터 배운 말이나 행동을 똑같이 해내는 건 이 총명한 소녀에게 아무 문제도 아니었다. 하지만 돈을 들이지 않고도 잘 할 수 있는 일을 묻는다면, 스마테스는 주저 없이 강아지 돌보기라고 대답했을 것이다.

설령 누군가가 바우워프가 강아지라는 걸 증명하라고 요구한다 해도 스마테스는 당황하지 않을 자신을 잘 알고 있었다. 바우워프의 따스한 배를 만지고도 그가 강아지임

을 부인할 수 있는 사람은 아무도 없을 것이기 때문이다.

반장 선거일. 투표와 개표가 이어졌다. 스마테스의 이름을 적어넣은 친구들은 펼쳐진 투표용지에서 그녀의 이름이 나타날 때마다 박수를 쳤다. 그리고 그 중에는 자신이 그녀에게 투표했음을 알리고 싶어서 어떻게든 티를 내고 싶어하는 친구도 보였다.(유난히 함성을 많이 지른다든가, 심지어는 스마테스와 눈이 마주치는 순간을 기다려서 윙크를 하는 경우도 있었다.)

스마테스의 반장 당선이 확정되고 이제 당선 소감을 들을 차례였다. 이미 이런 상황을 예견한 그녀의 엄마는 적절한 조치를 취해놓은 상태였다.

단정하게 빗겨진 스마테스의 머리카락 사이에는 검소한 머리띠 대신 작은 다이아들이 박혀 있는 머리핀이 자리를 잡았다. 그리고 옷은 후보연설 때의 평범하고 검소해 보이던 캐주얼로부터 프랑스 디자이너의 값비싼 교양이 발라져 있는 검은색 싱글버튼 정장으로 바뀌어 있었다.

"급우 여러분, 저를 선택해주셔서 감사합니다. 앞으로 우리 학급을 위해 열심히 봉사하는 참다운 일꾼이 되겠습니다."

당선 소감 역시 어른들의 준비성 덕분으로 짧지만 명료하게 이루어졌다.

그러나 스마테스가 반장이 된 이후, 그녀의 그림이나 만들기 실력을 본 친구는 아무도 없었으며, 떠든 사람에게 물리는 벌금도 절반은커녕 두 배로 뛰어버렸다.

반 아이들은 반장의 그림이나 만들기를 못 보는 것에 대해서는 아무 불편을 느끼지 않았지만, 두 배의 벌금을 내야 하는 상황은 피부에 와닿는 피해인 만큼 상당히 못마땅하게 여겼다. 끝내 학급회의 시간에 문제의 벌금을 줄여야 한다는 의견과 건의가 속출하자, 다음 날 아침 스마테스는 담임 선생님의

배려 아래 짧게 그러나 명료하게 모두를 설득했다.

"벌금을 올린 것은 저의 개인적인 욕심이 아닙니다. 좀더 조용한 교실도 만들고, 거둬들인 벌금으로 우리 모두를 위한 일을 하려는 것입니다. 여러분의 이해를 바랍니다."

스마테스는 다음 학기에도 그 다음 학년에도 계속해서 반장이 되었다.

검은 개

피 실험자 A

마지막 골목으로 접어들자 검은 개가 길을 막고 서 있었다. 나는 순식간에 굳어버렸다. 감기 기운 때문에 막혀 있던 코가 순식간에 뻥 뚫리는 것이 느껴질 정도였다.

호흡이 불편하면 그만큼 잘 달리지 못하고, 그렇게 되면 포식자捕食者로부터 벗어나지 못하는 피식자彼食者의 생존본능이 작동한 것으로 보인다.

골목은 침묵했다. 마치 내가 없는 사이에 세상의 종말이 찾아오기라도 한 것처럼.

건물들은 수직선과 수평선과 대각선이(혹은 곡선이) 얼기설기 연결된 경계선을 밤하늘에 그어놓은 다음, 남쪽 영토에 검푸름을 채워넣고서 밤하늘과 대치중이었다.

반면에 별빛은 무기력했다. 내가 속한 어둠의 그 어디에도 들어오지 못했다.

얼마나 연약했는가 하면, 내가 서 있는 곳에서 허락된 빛은 높은 담 너머 어느 잠들고 싶지 않은 소년의 작은 방안에 한때 머물던 촛불의 잔상뿐이었다고 말할 수 있을 정도였다.

대부분의 사물은 거리감조차 불분명했다. '밤이 어둡다'는 것. 이것은 반길 만한 일이다. 잠들지 못하던 도시가 어느 한 귀퉁이나마 쉴 수 있게 됐다는 의미이기 때문이다.

산업혁명이 만든 빛은—물론 이것은 스스로를 똑똑하다고 믿는 인간이 가진 수많은 착각들 중 하나이다. 쉬운 예로, 어쩌다가 물이 청량음료 사이에 놓여, 싸지 않은 값에 판매되기에 이르렀는지를 생각해보라—인간이 가는 곳이면 어디든 따라간다.

그것은 눈을 감으려는 세상을 해부하려 드는 '날카로운 메스'에 다름이 아니다.

사람들은 스위치나 버튼으로 밤을 통제하고 있다고 생각하지만, 사실은 그 반대다.

주행성인 인간에게 주어진 일몰과 그에 따른 어둠은 우주운행의 법칙 아래에 있다. 그 순리를 거스르는 것이 밤의 조명이다. 인간은 자신이 만든 스위치와 버튼의 절대적인 지배를 받는다.

검은 개가 서 있는 마지막 골목은 행복할 수 있는 장소이다. 침묵하는 밤의 순진한 어둠은 결코 흔치 않은 평화이기 때문이다.

피 실험자 B

검은 개는 다른 것으로부터 확연히 구분된 채 조용히 서 있었다. 마치 오브제처럼.

평범한 좌변기가 〈샘〉이라는 제목으로 전시되는 순간, 그것이 가지는 일상적 의미가 전혀 다른 의미로 굴절되는 것을 우리는 경험한다.

마찬가지로 어둠 속 어딘가에 있을 담배꽁초나, 나의 고요에 관한 감상이나, 연인이 남긴 페로몬의 향기에 흡수되지 않은 검은 개는 하나의 오브제로서 내 안의 화랑에 놓인다.

굳이 제목을 붙이자면, 〈잉태〉 정도가 좋겠다. 발광發光하는 두 눈에서 힌트를 얻었다.

죽음을 닮은 어둠 속에 스스로 빛나는 눈. 그것은 부패한 성직

자의 어두운 금고 속에 빛나는 보석처럼, 어둠의 유치한 방해를 비웃는다. 제 아무리 짙은 어둠이라고 해도 이 아름다운 저항이 남긴 뜻밖의 상처에는 신음하지 않을 방법이 없다.

검은 개는 모든 것을 멈춰 있게 했다. 동시에 모든 것을 깨어 있게 했다.

골목과 골목을 떠돌던 바람, 악몽, 시간, 별, 별, 별, 별, 별……

그들은 모두 검은 개의 소유였다. 그 모습을 화폭에 담는다.

피 실험자 B의 작품 구상

저주받은 땅.

서른 해가 넘도록 모든 계절과 모든 밤낮을 통틀어 단 한 번의 햇살이나 별빛도 발견되지 않은 곳. 깎아지른 절벽 위에는 거대한 성이 하늘을 찌르려는 창처럼 솟구쳐 있다.

그 위로 스스로 색을 바꾸는 구름들이 크고 작은 소용돌이를 일으킨다.

풀들은 자라지 않고 까맣게 타버린다. 더 이상 열매 맺지 않는 사과나무들은 모든 가지에 크고 작은 가시들을 촘촘히 두른다. 새들은 노래하지 않는다. 말라버린 우물 바닥에는 고양이의 시체가 부패되어간다. 강은 검다. 그 바닥의 까만 퇴적층 깊숙한 어딘가에는 부패한 권력자에 의해 살해된 한 남자의 잘린 머리가 잠들지 못하고 있다. 누군가의 아버지인 그의 눈에서는 검은 눈물이 흘러나온다. 그 아픔은 끝나지 않는다.

마지막 단계로 절벽 아래의 어둠 속에 검은 개를 그려넣는다. 자세히 들여다봐야 보이도록, 혹은 가장 먼저 그것이 보이도록(느껴지도록) 신중히 표현하도록 한다.

문장들을 다시 훑어보니 다분히 작위적이다. 붓으로 형상화하면서 미묘한 뉘앙스를 연출해내지 못하면 안 되겠다.

검은 개의 눈을 잘 봐두기로 한다. 끝까지 마주보기로 한다. 그 눈을 피하지 않기로 한다.

완장 사나이 파씨오

문득, 검지의 손톱 옆을 물어뜯고 있음을 깨닫는다. 통증도 고개를 든다.

뜯겨진 살갗 바로 아래로 핏빛이 서려 있다. 이 상처가 아물면 더 단단한 살갗이 될 것이다. 나는 상처를 입을 때마다 살아 있음을 실감한다. 피는 척박한 땅 속의 샘처럼 나의 두껍고 단단한 껍질 아래로 흐른다. 다행이다. 그로 인해 나의 영혼은 머물 곳을 얻는다.

행복하다고 말한다. 나의 말이, 나의 숨이 바람으로 남아주길 원한다. 들의 풀들을 이리 누이고 저리 누이며 나를 흉흉한 소문으로 남겨주길 바란다.

해가 바뀌어도 언제나 느껴지던 계절의 향기가 내 아버지를 증언하는 것처럼 나에게도 기회가 주어지길.

아쉬움이 밀려온다. 왜 나는 아버지와 넓은 들을 걷지 않았을까. 대견한 말의 목덜미를 쓰다듬어주듯, 아버지는 그의 허리쯤까지 자라 있는 풀들을 손바닥으로 천천히 어루만질 수도 있었을 것이다.

내가 열심히 조르기만 했다면. 지평선과 석양을 함께 바라볼 수 있는 기회도 가질 수 있었으리라.

"어허! 또 물어뜯네그려."

화장실을 다녀오는 동료의 꾸지람이다. 그의 이름은 '파씨오'다. 그는 내가 생각에 잠길 때면 항상 그것을 깨는 역할을 한다.

괜찮다고 말해도 굳이 내 것까지 커피를 뽑아와서는 알지도 못하는 누군가의 험담을 듣도록 한다. 그는 고개를 옆으로 돌려 딴청을 피우며 손바닥을 내민다.

"내놔."

사무적이고 단호한 말투다.

"뭘 말인가?"

어리둥절한 내가 묻는다.

"내놓으라니까."

파씨오는 허공에 시선을 고정한 채 내민 손을 위아래로 천천히 흔든다. 이젠 이런 일도 지겹다는 표정이다.

나는 그의 얼굴과 손바닥을 번갈아 보며 복잡한 기억의 미로 속을 우왕좌왕한다. 그러다가 "아!" 하고 낮은 탄성을 내려놓는다. 주머니에서 동전 5개를 꺼내어 그의 손바닥에 올려놓는다. 그리고 체념한 듯 낮은 한숨을 쉰다.

파씨오는 마치 동전으로 움직이는 로봇이라도 되는 양 떠나 있던 시선을 나에게 가져온다. 그리고 눈썹을 들어 올려 이마를 일그러뜨리며, 이제 알겠나? 하는 눈빛으로 고개를 끄덕인다.

"낸들 어쩌겠나. 내기는 내기 아닌가."

득의에 찬 그가 음흉한 미소로 위로의 말을 던진다.

나는 동의한 적 없는 내기를 밀어붙인 그에게 짐짓 불쾌함을 느낀다. 하지만 그냥 체념하기로 한다. 희망이 실종된 이곳에서 그가 찾은 행복(?)이 그것이라면 그냥 지켜주고 싶다.

그건 그렇고, 어쩌면 그는 내기에서 번 돈을 꼬박꼬박 모아 집 장만을 하게 될지도 모른다. 정말 그럴지도 모른다. 그의 커피 인심도 알고 보면 나의 주머니에서 시작되는 것이다.

파씨오는 언제나 완장을 차고 있다. 그것을 자랑스러워한다.

아무리 그래봤자 그는 간수가 될 수 없다. 그 사실은 그가 누구보다도 잘 알고 있다.

그러나 파씨오의 충성심은 그 누구도 막을 수 없다. 20년이 넘도록 같이 지내온 나조차도 그것만은 건드리지 않는다. 그는 간수보다 더 잔혹하게 수감자들을 다룬다.

더 나아가 간수가 지켜보는 상황이라면, 그는 괜한 트집을 잡아서라도 자신의 충성심을 인상 깊게 보여준다. 그 때문인지 수감자들은 언제부턴가 간수보다 그를 더 무서워하기에 이르렀다. 나는 그의 '용맹스런 직무수행'을 볼 때마다 그가 아직은 나의 편이라는 사실에 천만다행이라는 생각이 들곤 했다.

어떤 면에서는 그가 옳다. 그의 공적 덕분에 커피자판기를 사용하는 환상적인 혜택이 있는 것도 사실이기 때문이다.

비록 같은 동전들이 나와 파씨오와 자판기 사이를 드나드는 것이지만, 나름대로 사유의 달콤함도 맛볼 수 있다. 더군다나 그가 아니었다면 나는 어두운 독방에서 대화 상대도 없이 미쳐가게 될 운명이었다.

자신만이 아닌 다른 누군가를 구원했다는 사실은, 내가 인정하든 안 하든 파씨오가 가진 힘이다.

햇빛이 어떤 느낌이었는지 기억나지 않는다.

하지만 처음 여기에 오던 날은 잊혀지지 않는다. 나는 무력했다. 눈은 가려져 있었고, 주위의 소리는 알 수 없는 주사약 때문에 왜곡되어 들려왔다.

마치 심연에 있는 것 같았다. 어떤 승강기를 탄 것 같다. 당시 나는 그것이 상당히 오랜 시간 떨어진다고 느꼈다. 그날이 20여 년의 첫날이 되리라고는 상상도 하지 못했다.

커피자판기가 가장 화려하고 유일한 삶의 상징이 되리라고는 더더욱 믿지 않았다.

완장 사나이 파씨오는 오늘도 행복의 노래를 부른다.

우리는 부러울 것 하나 없는 사람들이라네.
맘만 먹으면 언제든 커피를 마실 수 있지.
자네는 생각에 잠길 수 있고 나는 그것을 깰 수도 있다네.
이 얼마나 행복한가. 바로 이런 게 삶이지.

우리는 부러울 것 하나 없는 사람들이라네.
운이 좋으면 간수들이 먹다 남긴 고깃국을 먹을 때도 있지.
동전에는 간수들이 다녀온 지상의 냄새가 담겨 있다네.
자네와 나는 그 냄새를 얼마든지 들이키며 잠들 수도 있지.

이 얼마나 행복한가. 바로 이런 게 삶이지.

머리맡에서는 자랑스러운 붉은색 완장이 우리를 지켜준다네.

우리는 부러울 것 하나 없는 사람들이라네.

글루미 먼데이

그날은 거의 동이 터올 때까지 잠을 이루지 못했습니다. 젖은 공기가 거실을 메우고 있어서 온몸이 끈적이는 상태였기 때문입니다.

차가운 물로 소름이 돋을 때까지 샤워를 한다 해도 그때뿐이었습니다. 수건으로 물기를 닦아내자마자 거짓말 안 보태고 5분이면 등줄기며 겨드랑이며 두피가 온통 땀에 젖어버린 것입니다.

뱀파이어가 어둠 속에서 흡혈에 몰두합니다. 아마도 귀갓길의 엘리베이터에 동승했나 봅니다. 나의 체취는 이 교활한 뱀파이어의 광기를 부추깁니다. 참다못해 거실의 조명을 밝힙니다. 그러나 그는 이미 사라진 상태입니다. 아마도 빛이 자신을 죽음으로 몰고 갈 것을 미리 알아챘나 봅니다. 나는 그를 물리치지 않고서는 결코 눈을 감지 않겠다고 다짐합니다.

이른 아침.

거실의 습기 속으로 햇볕이 파고들었습니다. 연리지 나무 그림 옆의 베이지색 벽면에도 아침 햇살이 다다랐습니다.

새벽의 결전에서 최후를 맞이한 뱀파이어는 주검으로서 새날을 맞이합니다. 머지않아 바스라져버릴 시체는 한때 자신의 탐욕을 채워주던 혈액과 뒤엉켜 있습니다.

나는 반역자를 처형하여 저잣거리에 효수할 것을 명한 독재자처럼 당분간 그 시체를 지켜보기로 했습니다. 승리를 확인하는 이러한 의식은 뿌리치기 힘든 유혹입니다. 언제나 그렇습니다.

승자에게도 상처는 남았습니다. 피로가 그것이었습니다. 나는 아침 햇살이 홍건한 소파에 몸을 뉘었습니다. 감은 눈 위에 팔을 얹어놓았습니다. 하지만 당신도 잘 아실 겁니다. 달빛 없는 잠은 소용이 없습니다. 짧은 꿈들이 일관성 없이 피고 지더니, 소파 위에서 휴대폰이 패잔병처럼 신음을 하기 시작했습니다. 물론 그것만으로는 눈이 떠지지 않았을 것입니다. 때마침 일어난 경련으로 혀를 심하게 깨문 바람에 정신이 번쩍 들었기 망정이지, 어림도 없었습니다. 나는 온몸에 꿀이 발라진 채 개미굴에 던져지기라도 한 것처럼, '잠시라도 아무 불편함 없는 안락함에 머물 수 있으면 얼마나 좋을까.' 하며 신음했습니다. 그리고 육신이 사람에게 얼마나 불편한 것인지를 절감했습니다.

전화 너머 저쪽 편의 목소리는(간밤에 내게 일어난 일을 알지 못했고, 설령 알게 된다 해도 상관하지 않았겠지만) 건강하고 분주했습니다. 그것은 뉴욕 여행에 필요한 서류들에 관한 비자발급 대행사의 안내전화였습니다.

"필요한 것들 불러드리겠습니다. 가능한 한 빨리 준비해주시는 게 좋습니다. 주민등록 등본·호적 등본 각 1통씩, 재산세 납부 증명서, 소득금액 증명원, 납세사실 증명, 예금 잔고 확인 가능한 통장 사본, 재직 증명서 사본, 의료보험증 사본, 가로 세로 5센티미터 규격의 증명사진, 사진 뒷면은 하얀색이어야 하고요, 여권도 저희에게 주셔야 합니다. 그리고 비자카드의 카드번호도 필요합니다. 준비되시면 전화 주시구요, 저희가 댁 근처의 전철역에 가서 받아오도록 하겠습니다."

나의 오른손은 머리를 대신해 그 모두를 꼼꼼히 받아적었습니다.

"알겠습니다. 그럼 인터뷰는 언제쯤 될까요?"

통화가 길어지는 건 내키지 않았지만, 나도 그에게 뭔가 숙제를 내주고 싶었나 봅니다. 그러자 그가 능숙하게 대답했습니다.

"보름 정도 걸릴 예정입니다. 하지만 상황에 따라 약간 빠르거나 늦어질 수도 있습니다. 그리고 가능하면 금요일을 선택했으면 좋겠습니다."

내가 왜냐고 이유를 묻기도 전에 그가 말을 이어갔습니다.

"절대적인 건 아닙니다만, 다른 요일보다는 금요일이 잘 나오는 경향이 있습니다. 아무래도 주말에 가까운 만큼 담당자의 기분이 좋을 확률이 높기 때문이 아닐까 합니다."

나는 가능하면 금요일로 시간을 맞추겠다고 하고 전화를 끊었습니다.

그리고 받아적은 목록 가운데 증명사진을 가장 먼저 처리하겠다고 생각하며 머리를 감기 시작했습니다. 샴푸를 헹궈내는 단계에서는 동사무소와 문구점의 복사기, 그리고 세무서에 이르는 동선이 이미 머릿속에 차근차근 그려지고 있었습니다.

뒷모습

광대뼈와 턱뼈의 발달.

규격에 맞지 않는 부품처럼 작고 가는 눈. 바닷속 어둠에 도사리는 곰치 같은 시선.

운전 중 시비가 붙는 경우, 기선제압을 위해 신기한 욕설을 느릿한 말투로 구사. 여태 운전을 하면서 단 한 번도 양보란 걸한 적이 없는 일관성. 그 일관성이 깨졌음에 대한 분풀이.

묘사.

100미터 앞에서 미리 방향 지시등을 켜고 끼어든 자동차를 향해 상향등을(옛날 할머니의 다듬이질의 템포로) 쏘아댄다. 그 차의 꽁무니에 빠르게 접근하며 경적을 멈춤 없이 누른다. 운전자가 위기감과 분노를 충분히 느끼도록 테일게이팅Tailgating을 해 준다.

물론 상향등의 깜빡임과 경적소리는 그대로 유지된다. 차선을 바꿔 폭발적 속도로 '100미터 앞에서 미리 방향지시등을 켜고 끼어든 차'를 추월한다. 그리고 그 차를 가로막아 거의 급제동에 가깝도록 속도를 줄여 급제동을 유도한다. 미리 방향지시등을 켰던 운전자는 이 지나친 보복 앞에 한숨을 짓는다.

당구장. 자욱한 담배 연기.

흰 공과 빨간 공들이 서로 부딪히며 뱅글뱅글 춤춘다. 당구대와 당구대 사이에는 공간이 그리 충분치 않다. 한 푼이라도 더 벌어야 하는 당구장 주인을 이해하자.

매너라는 이름의 약속.

접해 있는 당구대를 사용하는 사람들은 서로 적절히 양보하면서 게임을 즐긴다.

강한 골격과 작은 눈을 가진 사람.

도로에서뿐만 아니라 당구장에서도 양보란 있을 수 없다.

중복되는 공간에서 공을 쳐야 하는 경우, 설령 옆 당구대의 사람이 먼저 칠 자세를 취하고 있었다 해도, 단단하고 팽팽한 엉덩이로 들이밀며 당당히 자세를 취한다.

그는 목소리가 크다. 자신과 함께 게임을 하던 일행과 몇 점을 쳤는지, 혹은 공이 살짝 맞았는지 안 맞았는지, 아니면 쓰리쿠션이 정확히 맞았는지 등에 관해 다툼을 벌이기 일쑤다.

아슬아슬하고 불안한 말싸움은 당구장의 허공을 지배한다. 계산대 옆의 텔레비전 소리도, 오랜만에 만난 친구와 느긋하게 게임을 즐기려는 이들의 웃음소리도 모두 얼어붙는다.

그의 고성을 잠재우는 단 하나의 존재. 소유자의 목소리만큼이나 우렁찬 휴대폰의 착신 음악소리. 투박하게 연주된 김수희의 〈애모〉가 한 번 더 당구장의 허공을 지배한다.

"여보세요…… 응? 뭐 먹고 싶다고? 아이스크림? 그래! 이따가 아빠가 사다 줄게. 엄마는?…… 아냐, 안 바꿔도

돼…… 아빠? 금방 갈 거야. 컴퓨터만 하지 말고 숙제도 하
고……."

사람은 어느 위치에 서서 바라보느냐에 따라 다른가 보다. 전
화 한 통화로 그는 무자비하고 몰지각한 중년이다가 자녀와
아내를 사랑하는 아빠이자 남편이 된다.

척박한 콘크리트 사막과 차가운 물질만능을 관통하며 대부분
의 따스함을 잃은 존재. 뇌를 제거해도 몸은 계속 헤엄치는 상
어처럼, 온기 없는 그의 가슴에도 가족애는 살아 있다.

무조건의 사랑은 잠시 그를 요람의 자신에게로 데려간다.

사람의 뒷모습은 강할수록 쓸쓸하다.

감염 방지 입맞춤 장치

위원회에서 '감염 방지 입맞춤 장치'를 보내왔다.

두께 5밀리미터에 면적 20제곱센티미터인 보라색 물체였다.

재질은 빛이 투과되는 아크릴처럼 보였다. 나는 그 속이 궁금했다. 그래서 그것을 햇빛에 비춰 보기로 했다.

점심시간이 시작될 무렵이었으니까, 시간은 정오쯤이었고 빛은 충분했다.

나는 거울을 바라보듯 그것을 들어 올려 나와 창문 사이의 공간으로 가져갔다. 한참을 들여다보았지만 그 안에는 아무것도 없었다. 적어도 육안으로는 그랬다.

이 광경을 지켜보던 치네스 대리가 뒷짐을 진 채 조언했다.

"설마, 그런 판때기 하나만 달랑 보냈겠어?"

그는 매사에 의심이 많고 손해 보는 법이 없는 자칭 '실용적 회색분자'이다. 시각에 따라서는, 매사에 의심받고 언젠가는 꼭 손해를 끼칠 '이기적 불순분자'이지만.

"안 그래도 상자 속을 보려던 참이에요."

나는 밋밋하게 반응했다.

누구라도 그 정도 생각은 다 하는 것이다. 얼핏 보면 내가 악역이겠지만 이제는 나도 어쩔 수 없다. 그가 나의 〈낙상 방지용 변환 바닥소재 연구〉를 가로채지만 않았어도 이렇게까지 되진 않았을 것이다. 자신은 손 하나 까딱 안 하고서 최종 정리단계에 일방적으로 참여한 후, 프리젠테이션에 이르러서는 모든 성과가 다 자기 것인 양 굴었던 것이다.

남이 어렵게 지펴놓은 장작불에(도움은 준 적도 없으면서) 먼저 머시멜로를 들이미는 얌체는 필요없다. 나의 이런 생각과는 상관없이 그는 알 수 없는 미소를 지어보였다.

그리고 바닥에 놓인 상자를 턱으로 삐죽 가리켰다.

상자는 모든 변의 길이가 일정하게 40센티미터 가량 되는 정육면체였다.

그 표면은 생명이 존재하지 않는 극지의 얼음 같았다. 깊이를 알 수 없는 푸른빛과 고르게 분포되어 있는 차가움. 긁힌 자국이나 봉합선은 존재하지 않았다. 그렇다고 나사 따위를 박아 넣은 흔적이 있는 것도 아니었다. 단지 측면에 디스켓 투입구처럼 생긴 날렵한 홈이 나 있을 뿐이었다.

'혹시 이 상자 자체가 어떤 작용을 하는 것은 아닐까.' 하는 생각에 손에 들고 있던 '감염 방지 입맞춤 장치'를 거기에 넣어보기로 했다. 나는 굶주린 사자의 입에 고깃덩어리를 내미는 양 경계를 늦추지 않았다. 투입구는 그 '판때기'를 주저 없이 빨아들였다.

'과연 무슨 일이 일어날까.'

나는 크리스천 슬레이터Christian Slater 주연의 영화 〈볼륨을 높여라〉에서 마이크로웨이브에 헤어스프레이 통을 집어넣은 모범생의 춤을 보듯, 위태로운 호기심에 사로잡혔다.

그러나 아무 일도 일어나지 않았다. 조금 바보 같긴 하지만 다른 시도도 감행되었다.

그 상자의 구석구석에 입술을 대보기도 하고, 내가 입술을 댄 자리에 동료의 입술을 겹쳐서 대보게까지 한 것이다.(물론 치네스 대리에게는 기회를 주지 않았다.)

그래도 반응은 없었다. 상자를 흔들거나 통통 두드리는 일도 해보았으나, 모두 허사였다. 아무런 작용도 없었다.

결국 나는 이 '장치'의 사용법을 위원회 측에 직접 묻기로 하고 전화를 걸었다.

결론부터 말하자면, 상자는 장치의 작동과는 아무런 관련이 없었다. 기계적인 말투의 담당직원은 나와 동료들이 상자에 대고 한 일을 말해주자 어이가 없다는 듯이 한숨을 쉬었다. 그리고는 "상자는 그냥 포장이에요."라고 말했다.

귀찮아하는 말투로 미루어 다른 회사로부터도 같은 질문을 받고 있나 보다.

상자는 그렇다 치고 그 '감염 방지 입맞춤 장치'는 어떻게 쓰라는 건지 궁금했다.

더 이상 설명하기 귀찮았던 담당직원은 사용방법과 단속 내용을 팩스로 보내겠다고 말하고는 전화를 끊어버렸다. 보내온 내용은 다음과 같았다.

1. 키스 장면 촬영 시 반드시 두 배우의 입술 사이에 이 장치를 사용하여 직접적인 신체접촉을 방지할 것.

2. 장치로부터 전송된 신체 정보를 정밀 검사하여 감염의 유무를 알아낼 것. 방송 시, 진단결과를 해당 배우의 얼굴 정중앙에 위치하도록 자막 처리(최소 5초 유지)할 것.

3. 상기 절차 위반 적발 시 2000만 원 이하의 벌금이나 징역   1
   년에 처함.
   이하 여백.

아무리 봐도 '감염 방지 입맞춤 장치'는 그냥 단순한 보라색
아크릴 판때기였다.
한번은 아직 장치에 노출된 적도 없는 신인배우의 신체정보가
담겨 있는 위원회의 문서가 유출되어 사회적 파장을 불러일으
키기도 했다. 그럼에도 불구하고 위원회의 지시는 해당 업계
에 절대적인 구속력을 발휘했다.
그리고 감염이 의심되는 연기자들은 '감염 방지 입맞춤 장치'
를 무력화할 '감염 감지 방지 장치'를 비싼 값에 하나씩 사들
여야 했다.

수족관

텔레비전을 켭니다. 즐거운 대화를 만납니다. 그러나 새겨들으실 의무는 없습니다.

듣는 것 자체가 싫으시다면 리모트 컨트롤러의 〈조용히〉 버튼을 누릅니다. 그래도 그들은 아무것도 문제삼지 않습니다. 대화는 조용히 계속됩니다.

당신이 웃어도, 울어도, 누워도, 잠들어도 그들의 '즐거운 대화'는 계속됩니다.

화면 속의 사람들은 약속을 지킵니다. 언제나 약속된 시간만큼 반드시 머물러 줍니다. 당신이 물구나무서기를 해도 거기 있고, 윗몸일으키기를 해도 거기 있습니다.

화면 속의 사람들은 약속을 지킵니다. 사라져야 할 때가 되면 반드시 사라집니다. 당신이 거실바닥에 팽이를 돌려도, 안방에서 쥐불놀이를 해도 변함없습니다.

때가 되면 사라집니다.

텔레비전을 켭니다. 사람들이 흐릅니다. 물고기처럼 흐릅니다. 텔레비전은 바보상자가 아닙니다. 수족관입니다. 아닙니다, 바보상자가 맞습니다. 성능 좋은 바보상자입니다. 제가 이랬다저랬다 하는 것은 텔레비전의 다중인격에 기인한 것입니다. '만약 당신이 생각에 지쳤다면 텔레비전을 켜라'라고 권하고 싶습니다. 아닙니다. 꼭 그렇게 하시기 바랍니다. 생각이 사라지면 외로움은 사라집니다. 생각이 사라지면 그리움도 사라집니다. 텔레비전이 도와드릴 것입니다.

성실하게 실천하시기 바랍니다. 항상 텔레비전을 켜두시는 겁니다. 떠나간 사람이 못 견디게 보고 싶을 땐, 바보가 되는 겁니다.

텔레비전을 끌어안는 겁니다. 입을 '헤' 벌리고, 텔레비전의 시선을 따라갑니다. 하지만 의무는 아닙니다.

그냥 손톱을 깎으셔도 됩니다. 그래도 됩니다. 가끔 '흘끗' 쳐다보셔도 되고, 미간을 찡그린 채 뚫어지게 쏘아보셔도 됩니다.

"만약 당신이 혼자 잠들기 싫다면 텔레비전을 켜라."라고 권하고 싶습니다. 아닙니다. 이것만은 의무사항이라고 말씀드리고 싶습니다.

스포츠 스타의 신기록 달성을 기대하셔야 합니다. 설령 신기록이 달성된다 해도 당신은 허탈해야 할 필요가 없습니다. 신기록 달성이 의미하는 것은, 또 하나의 도전이 생겼다는 뜻이기 때문입니다. 기대할 일이 생긴 것입니다. 기대할 일이 있는 인생은 흥미진진합니다. 텔레비전과 함께 설레는 하루를 매일매일 맞이하시기 바랍니다.

'만약 당신이 외롭다면, 드라마의 주인공을 사랑하라.' 고 권합니다. 이것 또한 의무사항임을 밝혀둡니다.

캄캄한 육면체 안에 자신을 홀로 누이면 안 됩니다. '아름다운 그녀'가, 혹은 '귀여운 그'가 보이도록 누워야 합니다.

당신은 어둠 속에 버려지면 안 됩니다.

울타리를 뛰어넘는 양들을 캄캄한 천장에 그려넣는 일은 그만두는 편이 좋겠습니다.

행복한 잠에 빠지다

친구들과 강가로 달려가고 싶어하는, 그러나 왕좌에 떠밀려 앉혀진 나는 어린 왕이다.

정말 왕이라서 왕이 아니다. 권위는 전혀 인정받지 못하나, 실권자의 권력행사를 대행해야 하기 때문에 붙여진 '이름'이다. 그것은 내가 꼭두각시 이상도 이하도 아닌 껍데기라는 의미다.

어린 왕은 허락받고 사람을 만나야 하고, 허락된 시간만큼 바깥에 머물 수 있으며, 요구만큼 안에 머물러야 하고, 요구대로 의무 수행을 해야 한다. 그렇다고 시키는 것만 따르면 능동적이지 못함에 대한 질책을 들어야 한다.

또한 그렇다고 함부로 의견을 얘기하라는 뜻도 아니다. 가만히 돌이켜보면, 섣불리 질문을 하거나 의견을 던졌을 때 치고 봉변을 당하지 않은 적이 없다.

나의 아버지를, 선왕을 죽인 살인자가 검지로 나의 이마를 꾹꾹 밀며, '도대체가 생각이 없으시옵니다. 생각이⋯⋯!' 라고 말한다 해도, '왜'에 관해서는 깊이 생각하지 않는 편이 낫다. 어차피 나의 말은 대부분 묵살된다. 권력은 완벽한 통제를 위해 나의 불완전함을 이용한다.

어린 왕은 백성이 볼모로 잡혀 있음을 잘 안다. 그리고 실권자는 이 아이가 선왕으로부터 물려받은 '본능적인 백성 사랑'을 깃고 있음을 잘 알고 있다. 그래서 때로는 왕의 얼굴에 침을 뱉으며, 때로는 잠을 재우지 않으며 조롱한다. 간간히 따귀도 때려가면서.

살인자는 친절하게 말한다.

"이 모든 게 지긋지긋 하시지요? 아무도 없는 심심산중에 혼자 살고 싶으시겠죠? 허허! 암요, 그렇고 말고요. 이미 오래 전부터 이 사람은 알고 있었사옵니다. 전하에게는 백성을 보살피는 왕의 자질보다는 나그네의 역마살이 훨씬 잘 어울린다는 것을 말이옵니다. 말리지 않겠사옵니다. 언제든 떠나소서. 신이 친히 전하의 여장을 꾸려드릴 것이옵니다."

그러나 자기 한 몸 사라지는 일이 생각만큼 간단한 것만은 아니다. 누가 뭐라 해도, 왕은 백성을 걱정한다. 하늘이 맺어준 관계가 행복을 향한 욕망을 박탈하는 순간이다.

어린 왕은 밤마다 은밀히 매를 맞고 멍이 든다.

그 멍을 수놓은 신하는 다음날 아침, 죽은 쥐의 배에서 터져 나오는 구더기 떼라도 봤다 치면 까닭 없이 기분이 좋아져서 연회를 연다.

아무것도 모르는 궁녀들은 어린 왕을 위하여 심심찮게 아름다운 연회를 준비하는 신하의 인자한 웃음을 우러러본다. 그리고 자신들의 누추한 처소 근처에 삼삼오오 모여서 쑥덕인다.

"전하는 복도 많으시지. 요즘처럼 간신배들이 득실거리는 이런 흉악한 세상에 저렇게 한결같고 충성스런 신하를 두셨으니 말이야."

때마침 바로 그 '충성스런 신하'가 인자한 미소를 지으며 그들 곁을 지난다. 변덕이 동한 나머지 연회 직후 왕의 처소에 들어가 다짜고짜 어린 뺨을 후려치고 나오는 길이다. 나는 감히 아무도 다가오지 못하는 귀한 방 안에서 소리내지 못하며 울고있다.

베개에 스며든 눈물의 온기가 아버지의 손길처럼 안락하다.

참 이상하다. 매를 맞고 나서 흐르는 눈물은 언제나 그렇다.

베개를 만나면 착해진다.

나는 소년이다. 소년의 이름은 어린 왕이다.

어린 왕은 약간의 어지러움을 느끼며 잠으로 접어든다.

행복하다.

잠자리 대화

오전 5시 25분. 잠자리에 들며 나는 나에게 얘기한다.

음, 언제 들어도 자네가 만든 멜로디는 상투적이야. 심각한 매너리즘에 빠져버렸지. 모든 사물을 공식대로 바라보고 있어. 다른 시각 없이는 다른 발상도 있을 수 없는 거야.

자네 혹시 기억하나? 언젠가 스스로를 회색분자라 칭하던 K 씨가 두 번째 만난 자리에서 자네에게 건넨 충고 말이야.

"제가 앨범을 들어본 결과, 규찬 씨는 음악을 가슴이 아닌 머리로 하고 있어요. 그게 안타까워요."

이것 봐! 건성으로 듣고 넘어갈 문제가 아냐. 음악을 손도 아니고, 발도 아니고, 입도 아니고, 귀도 아니고 머리로 한다잖아. 음악은 축구공이 아니라는 건 자네도 잘 알잖아. 뭐라고?

억울하다고? 어허, 이것 참. 그건 억울하게 생각할 문제가 아니지. 그럼 아니고말고.

굴뚝의 연기는 우연과는 거리가 먼 것이거든. 자네는 불을 피웠지. 암, 매운 연기를 많이 만들어내는 지푸라기도 잔뜩 구겨 넣었을 거야. 그렇지? 그것 봐. 내가 뭐라 그랬나. 조심하라고 했잖은가? 완전연소를 시켰어야 한다네. 예쁜 '오렌지 불꽃'을 만들었어야 한다니까. 쯧쯧, 어설프게 태웠던 게 화근이지. 저런…… 자네 지금 우나? 뚝! 내 앞에서 울 생각일랑은 하지도 말게. 설마 연기가 눈을 찔러서라는 유치한 핑계 따위를 댈 생각은 아니겠지'?

그럴 시간에 자네가 저지른 잘못에 관해 찬찬히 따져보기 바라네. 혹시 지인들이 선사하는 격려의 말들 뒤에 숨어 지내온 건 아닌지. 그럼으로써 새로움을 위한 노력을 끊임없이 퇴화시켜온 건 아니었는지. 그러니까…… 내 말은, 사마귀처럼 스스로를 서서히 풍화風化시켜온 건 아니냐는 말이지. 왜, 그런 말 있잖은가. 수컷 사마귀는 교미 후에 암컷이 자기의 머리를 갉아먹어도 저항하지 않는다는 얘기. 자네가 그런 식이야. 고통을 자각하지 못해.

'나태함'이라는 주사바늘이 자네의 혈관을 뚫고 나면, '일상'

이라는 마취제가 그 안으로 성실하게 흘러들어간다는 얘기지. 지금 우리에게는 여행이 필요하다네. 너무 오랫동안 고여 있었어. 몸이 떠난다고 마음도 떠날 수 있겠냐는 흔한 질문은 하지 말게. 이번만큼은 내 말을 믿어도 된다네. 이런 여행 어떤가. 하늘을 만나는 심연의 꼭대기에 '나'를 던져 넣는 여행. 수평선에는 죽음의 커튼이 서서히 드리워지지. 입술을 드나드는 숨은 하얗게 타들어가고, 태양도 검게 식어버리고.

자네가 눈을 뜨고 있는지 감고 있는지 스스로 분간을 못 할 정도가 되면, 보름달이, 그 아래 자네의 흥얼거림이, 엔니오 모리코네Ennio Morricone의 〈아마폴라Amapola〉의 선율이, 그 빛과 선율에 마음을 맡긴 그녀의 이마에 흐르던 사과 향기가, 그 순간들이 자네 곁에 성큼 다가오게 되지. 그리고 자네가 세상에서 가장 부드럽고 안락하다고 느끼는 그녀의 젖무덤에 파고드는 순간, 검고 차가운 바닷물에 부딪힌 자신의 얼굴을 만나게 되는 거지.

식어가는 자네의 육신을 말일세. 그렇게 되면 자네는 바닷물을 벌컥벌컥 마셔버리고…… 다른 우주를 맞이하는 거야.

지금 자네에게는 여행이 필요하다네. 너무 오랫동안 고여 있었던 거지. 몸이 떠난다고 마음도 떠날 수 있겠냐는 흔한 질문은 하지 말게.

이번만큼은 내 말을 믿어도 된다네.

시간이 흐르면 모든 게 나아질 거라는 기대는 이제 그만 하자
고 말하고 싶네.

꾸며내지 않은 이야기

어느 상송 경연대회의 기념공연에서였다. 그는 갈대처럼 얇은 팔뚝으로 베이스 기타를 연주하고 있었다. 마이클 프랭크 Michael Franks의 〈다운 인 브라질Down In Brazil〉을 연주할 때는 노래도 직접 불렀는데, 그 목소리가 더도 말고 덜도 말고 비틀스의 존 레넌 같았다.

그때의 나는 갓 스물을 넘겼던 터라, 뭐든지 한 번 인정하면 과격하게 편을 드는 경향이 있었다. 지금 같았으면 '쳇, 뭐야! 존 레넌 하고 너무 비슷하잖아!' 라고 삐딱한 시선을 던졌을지 알 수 없는 문제로, 그래서 나는 감탄하고 있었다.

특히 그가 건즈 앤 로지즈Guns N' Roses의 〈스위트 차일드 오 마인Sweet Child O Mine〉을 연주할 때는 지판에 얹어진 그의 손에서 눈을 떼지 않았다. '베이스 기타로는 근음根音만 연주한다.'는 나의 고정관념이 처음 깨지는 순간이었기 때문이다. 물론 시간이 지나면서 그 멋진 베이스 라인이 그의 감각이 아닌 원곡의 철저한 답습이었음을 알게 됐지만.

그를 나무적的인 사람이라고 부르기로 한다. 사실 내가 20대 후반을 살던 중 그에게서 직접 들은 그의 별명이 이런 의미이긴 하다. 그래도 그냥 그를 '나무적'인 사람으로 부르기로 한다. 있는 사실을 모두 적나라하게 드러내는 게 항상 도움이 되는 것은 아니므로.

사람이 살면서 가끔은 마주칠 법도 한데 그로부터 '나무적'인 그의 별명을 듣게 된 그날이 오기 전까지는 이상하게도 그런 적이 없다. 나 아니면 그가 상대방을 피하려는 마음이 있었나 보다. 아니다. 만약 그랬다면, 그와 나는 의외의 장소에서라도 자주 마주쳤을 것이다. 속담을 들고 싶진 않지만, '원수는 외나무다리에서 만난다.'고 하지 않던가.

오히려 서로 지나치게 무관심해서 어떤 식으로든

바라는 게 없었고, 그런 이
유로 아무런 인연도 작동하
지 않았던 것으로 보인다.

만약 그때 그가 사랑에
빠지지 않았더라면, 어쩌
면 지금쯤 꽤 자주 만나는
사이가 됐을지도 모른다. 사람은
누구나 그렇다. 사랑하게 되면 단순
해진다.

보고 싶어서 보고, 보지 못해서 보고
싶고, 보면 안 된다고 하면 더욱 보고
싶다. 그때 그가 좋아하게 된, 그리고 그를 좋아하
게 된 여인은 그의 음악동료이자 친한 동생이 무척 사랑하는
사람이었다. 그것은 그와 그가 속한 친구들 사이에서 이미 잘
알려진 사실이었다.

그럼에도 불구하고, 그는 사랑에 빠진 자신을 속이지 않았다.
그 '불편한 관계'의 당사자는 모두 나와 잘 아는 사이였지만,
나는 사랑이 당사자의 선택이 되어야 한다는 단순한 이치를
인정하지 않고서 어느 한쪽의 입장에만 서서 생각했다.

그로 인해 나는 몇 년 후면 '나무적'인 사람으로서 나와 마주치게 될 그를 비난했다.

나는 마치 불륜을 저지른 사람을 대하듯 무모하게 그를 몰아붙였다. 그는 나와 친구들의 사려 깊지 못한 독설 앞에 아무 말도 하지 않았다. 내 기억이 맞는다면, 그는 잠잠했지만 사죄를 하거나 미안해하지 않았다.

현재 그때의 그 여인은 멋진 재즈보컬리스트가 되어 있고, 그녀를 짝사랑하던 이는 공연과 스튜디오 세션을 하며 자신의 밴드를 꾸리고 있다. 공교롭게 그의 파트도 베이스 기타이다.

나무적인 베이시스트의 등장 여부와 상관없이, 두 사람은 각각 다른 이와 결혼해서 행복하게 잘 살고 있다고 한다. 얼마 전에는 어느 방송에 함께 출연해 반주

자와 보컬리스트로서 호흡을 맞췄다고 한다.

'나무적'인 사람을 마지막으로 마주쳤던 건 몇 해 전 어느 가을이었다. 그는 특별히 변한 게 없었다. 최근 지인을 통해 어렴풋이 들은 바로는, 여전히 모닝커피와 함께 담배를 즐기고 포커와 내기당구를 심심찮게 치며 산다고 한다.

그렇게 돈을 많이 벌거나 혹은 궁색한 건 아니지만, 그는 언제나 안분지족安分知足이다.

염소가 주는 잔

식은땀이 흐른다. 차가운 물속에 벌거벗고 잠겨 있어도 온몸이 뜨겁다.

심장은 물의 악력握力을 뿌리친다. 미쳐 요동친다. 순수의 오염. 돌연변이. 검은 심장이 어머니의 세계로 미처 들어가지 못한 나를 찾아 골목과 골목을 누빈다.

어머니는 늘 말씀하셨다.

"사랑하는 나의 아들아, 너는 내가 잠들기 전에 집으로 돌아와야 한다. 네가 들어오면 하얀 대야에 따뜻한 물을 담을 거란다. 너는 의자에 앉으렴. 그리고 두 발을 물속에 천천히 담그는 거야. 그러면 엄마가 '뽀득뽀득' 씻어줄게. 아무리 질긴 때라도 엄마한테는 못 당하거든. 그러니 아무리 더러워진 발이라도 미안해할 필요가 없단다. 사랑하는 나의 아들아, 너는 내가 잠들기 전에 집으로 돌아와야 한다."

처음처럼 두려워할 줄 알았다면, 처음처럼 어머니만을 의지했다면, 나는 결코 이름 모를 거리의 음습한 뒷골목에 쓰러지지 않았을 것이다.

어머니의 법을 떠나던 날. 그러니까 염소와 포도주를 나눠 마시던 그날 밤. 나는 한 방울의 죄악이 포도주에 떨어지는 것을 알면서 모르는 척했다. 그 황홀한 향기를 거부하고 싶지 않았기 때문이다.

나는 정신을 잃을 때까지 염소가 주는 잔을 받았다.

나의 심장은 점차 육중해지기 시작했다. 그리고 그 괴물은 내 안의 모든 혈관을 향해 검은 피를 뿜어내기 시작했다.

눈을 떴을 때, 나는 생선 찌꺼기를 들추고 있는 고양이의 옆에 누워 있는 나를 발견했다. 어머니와의 약속을 염소에게 내어준 이후, 나는 단 한 번도 쉬지 못했다.

이제는 삼킬 침조차도 남아 있지 않다.

식도 벽이 사막의 아스팔트와 타이어처럼 서로 녹아 붙는다. 그래도 나는 멈출 수가 없다. 살아남기 위해서는 어쩔 수 없다. 지독한 식탐을 지닌 돌연변이를 피하려면 열심히 뛰는 길밖에 없다. 왜냐하면 이 이름 모를 거리에서 숨을 만한 장소를 찾는 일은 불가능하기 때문이다.

가끔 꿈같은 행운으로 어렵사리 포식자를 따돌리게 되면, 나에겐 눈을 다섯 번 깜박일 동안의 시간이 주어진다. 나는 그 기회를 잘 활용해야 한다. 목소리가 나오는 유일한 기회를 놓쳐서는 안 된다. 나는 어머니의 태양을 향해, 어머니의 달을 향해 외친다.

"데리러 와주세요. 저를 데리러 와주세요. 집에 가고 싶어요. 돌아가고 싶어요."

영이는 반듯합니다

영이는 반듯합니다. 언제나 그래왔습니다.

그냥 '반듯하다'고 말하면 그게 무얼 뜻하는지 이해하기 힘드
시겠지만, 그 외에는 딱히 적당한 표현이 떠오르지 않습니다.

영이의 두 뺨은 복숭아 빛깔입니다. 언제나 그래왔습니다. 아
무도 왜냐고 묻지는 않습니다.

굶주린 소년이 어두운 쪽방에서 혼자 잠들어도, 밤 기차에 오
른 누군가의 엄마가 다시는 돌아오지 않는다 해도 변함이 없
습니다.

영이의 입은 다물어져 있습니다. 언제나 그래왔습니다. 그러
나 항상 바둑이와 함께 우리를 바라봅니다. 그것만은 한 번도
잊은 적이 없습니다.

음력 정월 14일 밤도 마찬가지입니다.

남편의 액년(厄年:액운이 있는 해)이 무사히 지나가도록 제웅의 머리에 동전을 꼽아넣는 아내의 얼굴도, 동전을 얻으려고 문밖에 몰려들어 "제웅이나 보름거리 주시오." 하고 외치는 동네 아이들의 입술도 결코 놓치는 일이 없습니다.

영이는 아무런 소리도 내지 않고 차근차근, 그리고 유심히 한 사람 한 사람을 살펴봅니다.

"철수는 어디 있니. 가르쳐주렴. 철수는 어디 있니."

제가 물었습니다.

그러나 반듯한 영이는 아무 말이 없습니다. 눈동자는 까맣고 머리카락도 까맣습니다.

'세상에 영원한 비밀은 없다.' 는 말은 영이에게 해당되지 않습니다.

'낮 말은 새가 듣고, 밤 말은 쥐가 듣는다.' 는 속담도 영이 앞에서는 꺼내지 않는 편이 낫겠습니다.

저는 영이에게 노래를 불러 줍니다.

"철수야 놀자. 영이야 놀자. 바둑아 이리 와. 나하고 놀자. 영이야 이리 와. 철수야 이리 와. 바둑이하고 놀자."

이 노래는 언제 들어도 질리는 법이 없습니다. 왜냐하면 영이가 좋아하기 때문입니다.

영이가 좋아하는 건 질릴 수가 없습니다. 여태 그런 적이 한 번도 없습니다. 확실히 단 한 번도 없었습니다.

참고로 말씀드리자면, 영이가 좋아하는 무언가가 되는 것은 흔치 않은 기회입니다. 그래서 저는 철수와 바둑이가 부러웠습니다. 늘 그래왔습니다.

1977년 봄, 아버지의 손을 잡고 광장동의 숲길을 걸었습니다. 오르막과 내리막을 두 번씩 지나자, 녹색의 교문이 보였습니다. 그 앞으로 사진사 할아버지가 한 분 보였습니다. 아버지처럼 야윈 모습이었습니다. 그리고 그 옆 담벼락 앞에선 솜사탕이 요술처럼 피어나고 있었습니다.

저는 그게 무척 먹고 싶었습니다. 그러나 아버지에게는 말하지 않았습니다. 그리고 생각했습니다. 이제는 학교에 가는 '형아'이기 때문에 애기들보다 의젓해야 한다고 말입니다. 그것은 두 번째 오르막에서 아버지가 가르쳐주신 것이기도 합니다.

운동장에는 확성기의 찌그러진 목소리가 메아리쳤습니다. 많은 사람들이 벌떼처럼 잉잉거리는 중이었습니다. 복잡하게 뒤엉킨 사람들 속으로 들어가며, 저는 문득 집에 가고 싶다는 생각을 했습니다. 흙먼지 때문에 목이 칼칼했고, 무섭게 생긴 애가 사람들 틈으로 절 계속 쳐다보았기 때문입니다. 저는 아버지를 올려다보았지만 아버지는 앞만 보고 계셨습니다.

저는 어지러웠습니다. 하지만 용감하게 꾹 참았습니다.

제가 처음으로 아버지 없이 교실에 들어가던 날은 울음이 나오려 했습니다. 그러나 철수와 영이와 바둑이를 만나게 되면서 저는 끄떡없게 되었습니다.

만약 그때 〈국어 1-1〉이 없었다면 저는 영영 학교에 가지 못했을지도 모릅니다. 그래서 저는 가끔 영이에게 묻곤 합니다.

"철수는 어디 있니. 가르쳐주렴. 철수는 어디 있니."

바둑이 옆의 반듯한 영이는 아무 말이 없습니다.

고래 떼의 집단자살 미수사건

2005년 6월 3일 금요일자 신문 1면에 사진과 함께 이런 기사가 났다.

고래 100여 마리 호수 주변 기습. 2일 호주 버슬턴 인근 돌핀베이 해변의 모래사장으로 올라온 100여 마리의 흑범고래를 바다로 돌려보내기 위해 자원봉사자들이 필사적으로 노력하고 있다. 흑범고래 떼는 가끔 바닷속에서 길을 잃고 뭍으로 밀려온다고 이 지역 관리들이 말했다–AFP연합

'호오, 세상에 별일도 다 있군.' 하고 무심히 지나칠 수 있는 문제 같아 보이지만, 어쩌면 이 사건은 모종의 메시지를 담고

있을지도 모른다는 생각을 해본다.

상식적으로 이해하기 어려운 일이다. 바다는 아직도 인간의 완벽한 지배를 거역하고 있는 비밀스런 장소다. 그 정도로 넓고 깊은 것이다. 그런 '바다'에서 길을 잃은 고래가, 그것도 100여 마리씩이나 뭍으로 밀려온다는 걸 어떻게 받아들여야 할까.

자원봉사자라고 보도된 사진 속의 사람들은 아마추어라고 하기엔 상당히 일사분란하며 준비된 모습처럼 보였다. 혹시 보이지 않는 세력에 의해 움직이는 요원들은 아닐까.

이 '보이지 않는' 두 개의 팽팽한 세력은 지금 이 시간도 지하전쟁으로 그 치열함을 더해가고 있을 것으로 추정된다. 고래를 뭍으로 보내는 세력과 바다로 돌려보내는 세력 중, 후자는 인간사회 전반의 시스템을 장악하고 있을 것이다.

그래서 1면에 사진까지 실린 기사임에도 불구하고 관련기사를 찾아볼 수 없는 것이다. 어차피 비밀로 하기에 늦었다면, 과감히 전면에 내세우되 적절한 수준으로 미리 터뜨려서 사건을 무마하는 단골 전략이리라.

고래를 보낸 쪽은 이번이 첫 시도가 아님을 스스로 잘 알고 있다. 그럼에도 불구하고, 또다시 같은 고래를 선택한 건 사람들에게 이런 현상이 단지 우연이 아님을 알리기 위함인 것이다. 물론 사람들의 자각을 기대하기엔 시스템의 통제가 매우 엄격하다.

비행접시를 봤다는 주장이나 열차 탈선 대형참사, 〈지진으로부터 우리나라도 더 이상 안전지대가 아니다〉 혹은 〈심각한 위조지폐 유통의 현주소〉 같은 기사에는 미간을 찌푸리며 관심을 보이지만, 유독 고래의 집단자살 시도에 대해서만큼은 가벼운 반응으로 일관할 뿐이다.

그들(고래를 보내는 세력)은 숫자를 이용한 암호를 사용한다.

연대별로 보내온 고래의 마릿수와 발견된 지역의 위도와 경도를 나열하면, 일정한 패턴을 지닌 수열이 나타난다. 그것을 분석하여 앞으로 고래가 보내질 지역과 마릿수를 추산하고 이후의 현상을 지켜보면 되는데, 문제는 이런 일을 하고 있는 인력들이 하나로 통합될 수 있는 네트워크가 마련되어 있지 않다는 것이다.

과거에도 몇 차례 이러한 유기적 조직구성을 추진했으나, 시스템의 공작으로 모든 것이 수포로 돌아간 것으로 보인다.

조디 포스터Jodie Foster 주연의 영화 〈콘택트〉에서 외계로부터 온 소리신호의 패턴을 분석하여 소통의 실마리를 풀어가는 내용이나, 인간이 살아가고 있는 현상계가 결국은 하나의 프로그램이며 허상임을 전제한 영화 〈매트릭스〉의 영향으로 이런 망상을 가지게 되는 게 아닐까 하며 흘려 넘길 수도 있다. 하지만 이러한 영화나 그것의 원작이 되는 소설을 쓴 주인공을 직접 만난 사람은 실제로 그리 많지 않으며, 만남을 가졌다고 주장하는 이들의 실존 여부도 우리는 확인할 길이 없다.

이처럼 보이지 않는 세력이 진실을 유추해내는 인간으로 하여금 스스로를 피해망상증 환자로 취급하게 하는 조치를 끊임없이 취하고 있을지도 모른다.

달에 깃발을 꽂은 인류가 바다의 끝에는 도달하지 못했다는 사실이 가끔은 아이러니로 다가온다. 그 깊고 깊은 심연에 우리가 알아서는 안 될 '무언가'가 있고, 그 존재를 세상에 알려 인류로 하여금 대비하고 저항하게 하기 위한 하나의 방법이 '고래사건'이었다고 가정해보면, 그리고 더 나아가 그 배후가 무엇일까에까지 생각이 다다르면, 빛의 흔적을 찾아볼 수 없는 깊은 터널에 갇혀버린 느낌이 든다.

버스나 전철에서 깊은 잠에 빠졌다가도 목적지에 다다르면 눈이 떠지는 현상이나, 언젠가 겪었던 것 같은 일이 똑같이 반복되는 데자뷰 현상이나, 집에 도착할 즈음이 되면 소변이 마려워지는 최면현상도 모종의 메시지이며 본질을 향한 접근에의 힌트는 아닐까 생각해본다.

그리고 1979년, 호기심 많은 소년의 두 눈을 얕은 물결 아래에서 조용히 바라보던, 이 순간 한강 어딘가에서 커다란 성체로 숨죽이고 있을 녹색 생명체에 대해서도.

사려 깊은 아홉 살 소년

1

소년은 수업이 끝나자마자 곧장 집으로 달려갔다. 그는 오래된 2층짜리 다세대주택의 2층에 살았다.

거기에는 가파른 계단이 있었다. 그것은 아홉 살 어린이의 보폭으로는 감당하기 힘든 정도였다. 게다가 창문이 없어서 항상 어두웠기 때문에 더욱 위험해 보였다.

그러나 소년은 조금의 주저함도 없이 그 계단의 어둠 속으로 돌진해 들어갔다.

마치 입을 크게 벌리고 있는 괴물의 입 속으로 들어가는 돈키호테 같았다.

그러나 소년에게는 그 일이 그다지 무모해 보이지는 않았다. 2층 층계참에 도착한 소년은 현관문 앞 어둠 속에서 손이 기억하는 위치에 놓인 맥주병을 들어 올려 그 바닥에 깔려 있던 열쇠를 집었다. 열쇠는 또다시 소년의 손이 기억하는 위치의 열쇠구멍으로 능숙하게 다가갔다. 문이 열리자 햇살이 들어찬 거실이 펼쳐졌다. 허공을 느릿느릿 떠도는 먼지들이 길을 잃은 영혼처럼 보였다.

"다녀왔습니다."

소년은 여느 때처럼 텅 빈 공간에 자신의 목소리를 내려두었다. 그리고 소년은 여느 때처럼 현관문을 등지고 잠깐 동안 서 있었다. 누군가 그를 반기지 않을까 하는 일말의 기대에서였다. '다녀왔습니다.'의 잔향이 온전히 공간에 흡수되고 나서야 소년은 움직이기 시작했다.

2

먼저 어깨에 멘 가방을 거실바닥에 내려놓고 손에 든 실내화 주머니를 신발장 한 구석에 넣어두었다. 그리고 운동화를 벗었다. 이 모든 과정은 상당히 조심스럽게 이루어졌다.

마치 누군가의 잠을 방해하지 않으려는 모습 같았다. 거실에

올라서자 나무 바닥에서 '삐그덕' 하는
소리가 났다. 소년은 조심할수록 더 큰
소리를 내는 그 나무를 향해 한숨을 내쉬

었다. 소년은 언제나 안방의 옷장 속과 욕실
옆의 창고 안에서 그를 노리는 어둠 속 존재
들을 경계했던 것이다. 밖을 향해 나 있는
커다란 창의 틈으로 바람의 흐느낌이 새어
들어왔다.

그리하여 거실에는 미약한 힘으로나마 소년의 편이 되어주겠
다고 다짐하는 무생물들이 존재하게 됐다.

엄마는 유난히 짙은 향의 향수를 쓴다. 소년은 그것이 한 달에
두어 번 정도밖에 집에 오지 못하는 것을 의식한 엄마의 배려
일지도 모른다고 생각한 적이 있다.

그리고는 그렇게까지 사려 깊은 자신을 매우 자랑스럽게 여기
기까지 했다. 어린아이는 엄마의 냄새를 언제나 그리워하고
그 안에서 잠든다.

소년은 아홉 살이었다.

3

조심스런 걸음으로 거실을 지난 소년은 부엌의 한쪽 구석에
나 있는 자신의 방문을 열었다. 방으로 들어서자 거실과는 대
조적인 어둠과 습기가 소년을 맞이했다.

창문은 서쪽을 향해 나 있었고 그 곁의 벽지에서는 검푸른 곰
팡이가 붕대에 맺히는 혈액처럼 그 세력을 확장해가고 있었
다. 소년은 엄마의 냄새가 머물지 못하게 하는 그것의 냄새를
무엇보다 싫어했다. 그에게는 해야 할 일이 있었다. 먼저 방바
닥에 뒤엉켜 있는 이부자리를 정돈하고 책상 위의 잡동사니들
을 치웠다. 그러나 그것이 궁극적인 목표는 아니었다.

그것은 본격적인 임무수행에 앞서 행하는 일종의 의식 같은
것이었다. 질서를 되찾은 방은 주인의 평가를 기다리며 숨을
죽였다. 소년은 흡족한 표정으로 고개를 끄덕여주었다.

'이제 본격적인 작업에 돌입한다'는 구호가 소년을 욕실로 이
끌었다. 양동이에 물이 채워졌고 튼튼한 플라스틱 빗자루가
선택되었다. 소년은 출렁거리는 양동이의 물을 진정시키며 거
실을 통과했다. 현관문을 열자 어느 새 바람이 겨울밤을 향하
고 있었다.

양동이의 물은 빗자루와 함께 계단의 먼지들을 씻어 내렸다.

처음에는 물만 부어서 대강 하려 했던 일이 하다 보니 지나치
리만큼 집요해졌다. 그래서 소년은 코가 맹맹하고 머리가 지
끈지끈 쑤셔오는 것을 느끼는 지경에 이르게 됐다.

그러나 소년은 자신이 한 일이 조금 있으면 오게 될 엄마에게
큰 기쁨을 줄 것이라는 기대로 행복감에 젖었다. 감기 기운은
오히려 자신의 헌신을 알려줄 중요한 단서가 되줄 것이라고까
지 생각했다. 그런데 밤이 되면서 한 가지 문제가 발생했다.
계단이 얼기 시작한 것이다. 당황한 소년은 주전자에 물을 끓

여 그것으로 계단의 얼음을 녹였다.

그러나 얼음을 녹이고 난 뜨거운 물은 다시 그 자리에 남아 얼음이 되었다. 소년은 계속 물을 끓였고 겨울밤은 계단을 계속 얼려놓았다. 자신의 실패를 인정한 소년은 엄마가 무척 걱정되기 시작했다. 그는 엄마를 보호하기 위한 하나의 대책을 생각해냈다.

'미끄러우니 조심하세요.'

스케치북을 '북' 뜯어서 연필로 진하게 꾹꾹 눌러 쓴 메모를 계단의 초입에 붙여두었다. 그것을 얼어붙은 콘크리트에 붙이는 일에는 약상자에서 찾아낸 반창고가 동원되었다.

'이 정도면 됐겠지.' 하며 소년은 안도의 한숨을 쉬었다. 안방의 아랫목에서 몸을 녹이던 소년은 얼마 지나지 않아 현관문이 열리는 소리를 들었다. 그러나 거기에는 아빠가 서 있었다. 아버지는 아들을 끌어안아주었다. 소년의 볼에 닿은 아빠의 회색 버버리 코트는 차가운 겨울 냄새를 간직하고 있었다.

소년은 캄캄한 방의 이불 속에서 깨어 있었다.

거실의 커다랗고 낡은 시계가 종을 열한 번 울리자 소년은 눈을 감았다.

오늘도 엄마는 오지 않으려나 보다. 소년은 잠이 들었다.

횃불 밝히는 밤

이유는 알 수 없다. 어느 날 달이 사라졌다.

이제 밤은 좀더 어둠다운 어둠을 가지게 됐으며, 여인의 창가에는 사랑고백과 함께 횃불이 타올랐다. 일몰과 함께 일체의 조명을 꺼야 하는 법령이 유일하게 구속력을 가지지 못하는 것이 바로 '횃불'이었기 때문이다. 물론 "예쁜 딸의 별 관찰을 방해하고 마는 사랑고백 따위는 용납하지 않겠다."는 '책임감 강한' 아버지를 만나는 일도 가끔은 있었지만.

그래도 대부분의 사람들은 모범시민으로서의 권리만큼은 성실히 행사하고자 했다. 그래서 횃불은 사랑고백뿐만 아니라 주민모임에도 유용하게 쓰였다.

마을 광장에는 밤마다 사람들이 모여들었다. 불의 춤으로 점

멸되는 얼굴들. 그것들은 '누군가'의 '무언가'에 대해 수군거렸다. 누가 언제 그 '누군가'가 될지는 아무도 몰랐다. 그래서인지는 모르겠으나, 모임이 열리는 동안 집안에 남아 있는 사람은 아무도 없었다.

어떤 사람은 여섯 살짜리 손자의 손을 잡고 나왔고, 어떤 사람은 병든 아내의 휠체어를 밀며 나왔다. 어떤 사람은 아끼는 암탉을 안고 나왔고, 어떤 사람은 곡괭이를 들고 나왔다.

주민대표가 단상 위에 올라섰다. 그리고 자신의 특권인 고깔모양의 확성기를 입으로 가져갔다. 그는 목을 가다듬고서 오늘의 의제를 발표했다.

"오늘의 평가 대상은 YS이비인후과의 의사로 하려 합니다."

그러나 사람들은 여전히 웅성거리고 있었다. 무안해진 주민대표는 확성기에 장착된 사이렌을 울렸다. 그것으로 어느 정도 사람들의 관심을 끄는 데 성공했다. 사람들의 웅얼거림이 썰물처럼 그 공간을 빠져나갔다. 하지만 그는 거기에서 그치지 않았다. 이후에도 계속 사이렌을 울렸다. 적어도 5분은 족히 됐을 것이다.

적지 않은 사람들이 귀를 막거나 눈살을 찌푸리기 시작했다. 그럼에도 불구하고 밀어붙인 건, 말이 통하지 않는 군중에게 뭔가 본때를 보여줘야 했기 때문이다. 모두의 안녕을 위해 오늘도 불철주야 애쓰는 자신의 노고를 알지 못하는 무지한 군중은 벌을 받아 마땅했다. 그는 싸늘해진 얼굴들 쪽으로 횃불을 들어올렸다. 자기에게(어쨌든) 온전히 집중한 사람들을 확인한 주민대표는 흡족한 표정으로 고개를 몇 번 끄덕이고 나서 천천히 입을 열었다.

"오늘의 평가 대상은 YS이비인후과의 의사로 하려 합니다. 본격적인 평가에 앞서 여러분께 참고사항을 알려드립니다. 주민모임이 시작된 이래, 만장일치로 처벌이 결정된 평가 대상은 단 한 사람도 예외 없이 사형에 처해졌습니다."

군중은 찬물을 끼얹은 것처럼 조용해졌다. 그가 말을 이었다.

"그러나 불임여성이 전체 가임 여성인구의 97퍼센트에 육박한다는 현실을 감안, 선량한 주민에게 도움이 될 만한 처벌방식을 선택하게 되었습니다. 영생노동형永生勞動刑이 바로 그것입니다. 공공에 죄를 지은 사람은 죽을 권리를 가지지 못합니다. 오히려 노동력으로 확보되어야 합니다. 이 형벌은 지난 번 주민모임을 통해 만장일치로 유죄판결을 받은 난폭 운전자 이두영 씨에게 최초로 적용되었습니다."

주민대표는 단상에 놓여 있는 죄수 목록을 펼쳐들었다. 이름을 찾아낸 그는 미간을 찌푸리며 목록을 코앞까지 끌어당긴 뒤, 집행 내용을 읽어 내려갔다. 사람들은 귀를 기울였다. 자신들도 언젠가 이두영과 같은 입장이 되지 말란 법이 없기 때문이었다.

"관리기관은 죄수의 노동현장 이탈을 방지하기 위해 뇌의 기능을 제한했습니다. 그리고 안정된 노동력의 공급을 위해 신체의 주요부분을 기계로 대체했습니다."

주민대표의 목소리가 풋사과의 시큼한 향이 나는 차가운 초겨울의 대기로 퍼져나갔다.

단상 앞의 군중은 밀랍 인형처럼 놓여 있었다. 주민대표는 자기의 시선을 피하지 않는 철물점의 양찬식 씨를 다음 번 주민모임의 평가 대상으로 삼아야겠다고 결심하며 말했다.

"사실 이 조치를 통해 생각보다 많은 것을 얻었음을 우리는 부인할 수 없습니다. 인구 감소에 맞서는 이 효과적인 대책을 확대 적용하자는 목소리들이 커져가는 점을 감안할 때, 저는 죄수뿐만 아니라 일반인 모두에게도 영생노동을 적용할 것을 제안합니다. 그것이 지금의 어려운 상황을 해결하는 유일한 해결책이라는 주장이 설득력을 얻어가고 있습니다."

청중 속 한 사람이 주민대표를 향해 받아쳤다.

"그렇게 좋은 제도라면 대표인 당신부터 기억을 지우고 몸뚱이를 기계로 바꿔보쇼! 그러면 나도 한번쯤 생각해보리다."

주민대표는 모두의 시선이 자기에게 모인 것을 깨달았다. 잠시 침묵과 차가운 바람과 달빛 없는 어둠이 흐르고 난 뒤, 그가 말했다.

"오늘의 평가 대상은 YS이비인후과의 의사로 하려 합니다."

이슬아비

진행자 오늘은 '이슬아비'를 처음 발견한 피셔먼 플로딩 씨와 얘기 나누고 있습니다. 지난 2006년 8월 9일 오후였죠? 뮤턴 타니말 시 외곽의 'N 저수지'에서 바로 그 이슬아비를 그가 발견, 채집했는데요. 피셔먼 씨는 청솔모의 귀에 귀걸이를 꿰고자 집요하게 그 통행로를 추적하던 과정에서 이와 같은 행운을 거머쥐게 됐다며 그 당시 상황을 생생하게 증언해주고 있습니다. 광고에 앞선 1부 순서에서는, 이슬아비의 날개에서 형성되는 독특한 소리를 함께 듣고 분석해봤는데요. 그 과정에서 방송을 접한 다수의 청취자로부터 '얘기치 않은 현상'이 나타났다는 제보를 받게 되었습니다. 저희 제작진은 만일의

사태에 대비하고자, 전문가와의 통화를 시도했습니다. 그러나 안타깝게도 이슬아비로 인한 현상을 정확히 설명하는 학자는 아직 없었습니다. 그들에게서 얻을 수 있었던 공통된 의견은 '어떠한 일이 있어도 병원에는 가지 말라'는 것이었습니다. 지금 제 옆에 앉아 있는 피셔먼 씨도 그 의견에 절대적으로 동의하고 있음을 밝혀둡니다. 일단 음악 하나 듣고 와서 계속 얘기 나누죠.

2

진행자 자아, 피셔민 씨. "이슬아비로 인한 문제는 이슬아비로 풀어야한다."는 말을 앞서 광고가 나가는 동안에 계속 되풀이 하셨는데요, 그 주장의 근거가 궁금합니다.

피셔먼 플로딩 바로 저와 마주앉아 있는 진행자와 이 방송부스 밖의 연출자와 기술진이 그 증거입니다. 여기 계신 여러분은 1부에서 문제의 소리를 분석할 때 이슬아비를 직접 눈으로 보았습니다. 그 결과 똑같은 이슬아비의 소리를 들었음에도 불구하고 청취자들이 경험한 '얘기치 않은 현상'에 노출되지 않았던 것입니다.

진행자 네에…… 나름대로 설득력은 있다고 보여집니다만, 공기를 통한 상호 작용이 불가능한 완전 밀폐상태에서 단지 그 '보여진다'는 일만으로 모든 것이 설명된다는 것에는, 글쎄요…… 왠지 논리적이지 않은 것처럼 들리는데요?

피셔먼 플로딩 그렇게 '눈으로 본다'는 일을 가볍게 봐 넘길 일이 아닙니다. 요즘 사람들은 '눈에 보이지 않는 것'만 믿는 우愚를 범하고 있습니다. 예컨대, 에펠탑이 있습니다. 그것은 '보이는 것'입니다. 그런데 영상매체나 그림, 혹은 사진을 보면서 우리는 어떻습니까? 아마 대부분 인정하실 겁니다. 그것이 시스템의 조작이라는 말에 누구도 이의를 달지 않습니다. 심지어는 프랑스의 파리로 직접 날아간 후, 에펠탑 앞에 우뚝 서서 고개를 들어 그 꼭대기를 올려다보면서도 우리는 고개를 절레절레 흔들지 않습니까? "정말 대단한 프로그래밍이야!"라고 감탄하면서 말입니다.

진행자 아……! 그렇다면 피셔먼 씨는 지금 우리 눈에 보이는 이 방송부스와 마이크와 테이블보와 대본과 카펫의 실존을 믿는다는 뜻인가요?

피셔먼 플로딩 물론이죠. 그리고 덧붙이자면, 이슬아비의 출현은 우리가 가진 '현상계회의론現象界懷疑論'이라는 우주관에 정면으로 맞서는 시대의 요구였는지도 모른다고 생각합니다.

진행자 여러분께서는 눈에 보이는 것을 믿는, 아니 믿어야 한다는 독특한 발상의 주인공인 '피셔먼 플로딩 씨와의 대화'를 청취하고 계십니다.(웃음) 동시에 그는 이슬아비의 독특한 소리를 최초로 학계에 보고한 행운의 주인공이기도 합니다. 더 얘기 나누기 전에, 오늘 1부 방송을 놓치신 분들을 위해 저희가 녹음해둔 이슬아비의 독특한 소리를 한 번 더 들려드리도록 하겠습니다.

"…… "

진행자 네! 역시 '대단한 발견'이군요. 아마 이번의 재청취로 인해 적지 않은 분들이 제보전화를 걸어오시지 않을까…… 하는 예상도 해봅니다……만, 피셔먼 씨는 어떻게 생각하시나요?

피셔먼 플로딩 저도 그 예상에 동의합니다. 그리고 이 방송을 듣고 계신 여러분께 강조합니다. 이슬아비로 인해 '얘기치 않은 현상'을 경험하는 것은 지극히 '자연스러운 일'입니다. 몸과 생각에 나타나는 변화에 두려워하지 말고 세계에 관한 고정관념을 버리시기 바랍니다. 나아가 기회가 된다면, 실존하는 그 소리의 주인공을 찾아 나서십시오.

진행자 반면에, 저희가 들려드린 소리를 전혀 못 듣는 분들도 많을 거라는 예상이 있던데, 피셔먼 씨는 어떤 의견이신가요?

피셔먼 플로딩 사실, 제 아무리 막강한 야광찌라고 해도, 털고 일어나려는 낚시꾼의 마음을 붙잡아둘 수는 없는 것입니다. 하물며 엄연히 보이는 것을 존재하지 않는다고 믿는 영혼에 어떤 소리인들 들리겠습니까?

진행자 〈만져지는 허상, 존재하지 않는 형상〉이라는 제목으로 책 한권 내셔도 좋겠네요.(웃음)

피셔먼 플로딩 참고하겠습니다.(웃음) 나중에 출판 기념회하면 참석해주실 거죠?

진행자 물론이죠. 연락만 주시면 꼭 찾아뵙도록 하겠습니다. 오늘 말씀 감사합니다.

피셔먼 플로딩 네. 안녕히 계세요.

진행자 지금까지 이슬아비를 최초로 세상에 알린 피셔먼 플로딩 씨와 얘기 나눠봤습니다. '눈에 보이는 것은 실존한다.'는 그의 독특한 발상이 아마도 오늘의 역사적 발견을 이끌어낸 힘이 아니었을까 하는 생각도 해봅니다. 내일 이 시간에는 가비지 해안에서 채집된 시간 포식자죠, 이른 바 '시간아씨 보쌈쟁이'를 우연히 발견한 뭉크스 크림 씨와 얘기 나누도록 하겠습니다. 청취해주셔서 감사합니다. 그럼 내일 뵙겠습니다.

스토크 페러노이

1

객석은 언제나처럼 3분의 1 정도만 채워져 있었다.

스토크 페러노이는 항상 그랬듯 객석의 맨 뒷줄에 앉아 있었다. 그는 무대가 흘린 조명이 다다르지 않는 어둠을 좋아한다. 어둠은 안전하다. 어둠 속에 숨어 당황스러운 밝음 아래 버둥대는 배우들을 평가하며 그는 자신의 존재감을 확인하곤 했다. 심지어는 마치 자신이 독설적인 연출가인 양 배우들을 심판하기도 했다.

특히 음정이 항상 불안정한 주연배우 어보이드 노튼은 스토크 페러노이에 의해 가혹한 퇴출을 매회 당해야 했다.

그럼에도 불구하고 가장 큰 박수와 열렬한 환호를 받는 것은 그 실력 없는 주연배우였다. 관객의 상당수가 그의 열성적인 팬클럽 멤버들이었기 때문이다. 그런 부조리는 매회 반복됐다. 스토크 페러노이는 그저 어두운 구석자리에 앉아 있는 한 사람의 관객일 뿐이었다.

2

커튼콜의 대혼란이 단호한 커튼에 의해 수습되고 객석에는 불이 밝혀졌다. 이번에는 관객들이 퇴출될 차례였다. 적나라한 현실세계가 그들을 기다리고 있었다. 스토크 페러노이도 예외일 수는 없었다.

그가 살아오며 봐온 것 중에서 현실임에도 여전히 아름다울 수 있는 것은 에리건 트리샤뿐이었다. 마흔을 목전에 둔 지금까지도 스물에 발견한 그 아침을 또렷이 기억하는 건 모두 그녀 때문이다. 그녀의 화장기 없는 얼굴은 밤을 통과하며 타락한 세상을 다시 일으켜 세우는 구원의 빛 같았다. 순수의 바람 같았다.

스토크 페러노이는 그날 그녀에게 선물한 자신의 초상화를 떠올렸다. 그리고 그것은 참으로 어리석은 짓이었다고 생각했다. 그는 에리건 트리샤가 이름조차도 잘 알지 못하는 청년으로부터 받은 초상화를 가족에게 보여주며 그를 비웃었을 거라고 생각했다. 틀림없이 그랬을 거라고 그는 확신했다.

나중에 알게 된 사실이지만, 에리건 트리샤는 스물두 살 되던 해에 자신의 어머니와 절친한 열일곱 살 연상의 고리대금업자와 결혼을 했다.

그리고 그보다 더 나중에 알게 된 사실이지만, 그녀는 남편이 해외에서 도박으로 모든 재산을 탕진하고 마피아의 돈을 잘못 빌려 쓴 바람에 도망자의 신세가 되자 주저 없이 이혼을 해버렸다고 한다.

그러한 사실은 그가 유일하게 믿어온 밝음의 아름다움을 현실보다 더 현실적인 현실에 편입시켰다.

환하게 밝혀진 객석에는 이제 아무도 남아 있지 않았다. 스토크 페러노이는 새로운 어둠을 갈망했다. 이런 순간을 마주할 때마다 항상 그랬다.

자신의 정체가 감춰지길 원했다. 그것만이 그에게 평안을 안겨주었다. 군림하게 했다. 어둠은 그가 가진 유일한 수단이었다.

3

스토크 페러노이는 '루드폭스대학'의 교수(였다.) 그렇지. 이제는 교수(이다.) 라고 할 수 없게 되었다. 그가 그 학교에서 강의했다는 사실 자체에 관해서조차 아는 사람이 과연 있을까 하는 의문은 남지만 어쨌든 그는 결심했다.

아니, 결심하지 않을 수 없었다. 학생들이 그의 수업을 매우 못마땅해했기 때문이다. 지나치게 꼼꼼히 준비된 교재와 그로 인해 파생되는 살인적인 과제, 높낮이 없이 무미건조하게 흘러가는 목소리, 공감할 수 없는 혼자만의 유머.

'젊음의 낭만'을 만끽하고자 하는 캠퍼스의 히피들에게 그가 호감을 살 수 있을 만한 일은 아무것도 없었다. 출석 인원이 그나마 출석부에 채워질 수 있었던 건 그의 담당과목이 전공필수였다는 점 때문이었다. 그러나 그처럼 막강한 '전공필수'의 위력도 스토크 페러노이 교수로부터 벗어나고자 하는 학생들의 의지를 꺾진 못했다.

그래서 그의 수업은 항상 한두 사람의 학점맹신주의자와 더불어 위태롭게 그 생명을 이어갔다.

그는 때때로 강의실 창 밖으로 흘러가는 수많은 학생들을 바라보았다. 한번은 그 속에서 첫 시간 이후로 자신의 수업에 단

한 번도 들어오지 않고 있는 남학생을 발견하기도 했다.

운동을 열심히 하는지 체격 하나는 훌륭했다. 따뜻한 햇살을 핑계삼아 입은 얇은 티셔츠는 그 남학생의 몸에 어떤 근육들이 있는지를 친절하게 안내하고 있었다. 어쩌면 머릿속에도 온통 근육들만 가득 차 있을지도 모른다.

그 한심하기 짝이 없는 청년 곁엔 여학생 하나가 있었다. 바비인형을 닮은 그녀는 뭔가에 홀린 듯 남자친구의 얼굴에서 눈을 떼지 못했다.

그런 장면을 볼 때마다 스토크 페러노이 교수는 생각했다.

'학원의 민주화는 가끔 학생들의 〈막된 망아지화〉로 이어진다. 지금 나는 그런 시대를 살고 있고 그로 인해 나는 학생들이 마구 흔들어대는 외줄 위에서 우스꽝스런 춤을 추고 있다.'

4

스토크 페러노이는 그 춤을 멈추고 싶었다. 그래서 학교를 떠나기로 했다. '그렇게 도망친다고 뭐가 달라지나요. 패배자가되고 싶으신가요.' 라고 누군가가 묻는다 해도 상관하지 않을터였다.

그의 삶에 있어서 명분은 중요치 않다. 진정 필요한 것은 행복해지는 일뿐이었다. 그 첫 번째 단계가 학생들로부터의 해방이었다. 그리고 그는 결국 해냈다.

그의 결단은 지극히 걱정스러운 것이었지만 그만큼 극적이고 로맨틱했다. 그는 한동안 목적지 없이 여기저기를 떠돌아다녔다. 그러나 어디에도 그 당황스런 '밝음'을 피할 장소는 없었다.

그에 관한 세상의 그릇된 평가는 도망치는 그를 집요하게 추적하는 스포트라이트 같았다.

스토크 페러노이는 자유를 찾아 껍질을 벗었지만 더 크고 단단한 껍질에 둘러싸여 있음을 깨달았다. 그것은 사라지지 않는 삶의 부조리를 의미했다.

그에게는 가공의 현실이 필요했다. 또한 그것은 결코 그에게 도발하지 않는 것이어야만 했다. 뮤지컬은 그가 찾아낸 가장 안전한 형태의 현실이었다. 엄밀히 말하자면 그것은 가장 이상적인 허구였다.

5

스토크 페러노이는 한 회도 빠짐없이 공연장을 찾았다.

조명은 매번 강렬한 빛으로 무대 위의 한 여인을 쓰다듬고 있었다. 그것은 에리건 트리샤를 비추던 아침보다 더 청명했다.

예전 같았다면 밤새도록 자신의 초상화를 그려서 다음날 그 여인에게 선물했겠지만 이제는 달랐다. 그는 이제 더 이상 스물이 아닌 것이다.

지혜로운 스토크 페러노이는 어두운 객석에 숨어서 그의 삶에 다시 나타난 '순수의 바람'을 탐닉했다. 그녀의 이름은 폴라 이트브리즈였다. 폴라에게는 예전의 에리건과 확실히 다른 면이 있었다. 그녀의 뒷모습에는 사색의 향기가 묻어 있었다. 입술에는 배려가, 젖가슴에는 치유가 있었다.

폴라는 화려한 무대에 속했어도 결코 어둠 속 스토크 페러노이의 존재를 업신여기지 않았다. 그는 공연 도중 몇 번이나 그녀와 시선이 포개지는 것을 느낄 수 있었다.

그녀의 눈빛은 끊임없이 무언가를 말하려 했다. 때로는 눈물 같은 것이 반짝이며 비치기도 했는데 그것은 밤하늘에서 사라져가는 나이 든 별빛과도 닮아 있었다. 스토크 페러노이는 자신의 정체를 궁금해할 폴라를 상상했다.

그녀는 집으로 돌아가는 내내 새끼손가락을 입술로 가져가 초조한 듯 그를 생각할 것이었다. 그는 그녀를 위해 다음 공연에도 같은 자리에 앉아주겠다고 생각했다.

눈을 감은 그는 장미향의 침대 위에서 객석의 어둠 속 어느 지점을 떠올리며 잠을 설치고 있을 폴라를 생각했다. 그녀를 향한 애처로운 마음을 떨칠 수 없었다.

6

모든 것은 단지 시간의 문제였다. 그가 결심하는 순간 폴라 이트브리즈는 스토크 페러노이를 만날 수 있을 터였다. 한 회, 한 회, 공연이 거듭될수록 그녀는 힘이 들었을 것이다.

당장이라도 객석으로 뛰어내려서 자신의 사색과 배려와 치유를 소유한 지배자의 발에 키스를 하고 싶었겠지만 용기가 나지 않았을 것이다.

어쩌면 마지막 날 마지막 회 공연이 끝나자마자 입이 무거운 소년을 시켜 그에게 쪽지를 전할지도 모르는 상황이었다. 하지만 그는 폴라 이트브리즈가 적극적으로 달려들수록 신중에 신중을 거듭했다.

솔직히 그로서는 모험을 할 이유가 없었다. 여자에게는 목적지를 망각하게 하는 기묘한 힘이 있음을 잘 알고 있는 그였기 때문이다.

스토크 페러노이의 목표는 군림이었다. 한 여자의 존경심어린 사랑 따위로는 부족했다.

언젠가 기회가 된다면 그는 자신이 만든 강의교재를 쓰레기처럼 쓸모없는 것으로 매도한 게으름뱅이들을 모조리 무대 위에 잡아 올리리라 생각했다.

그들 모두는 그가 조종하는 대로 움직이게 될 것이었다. 스토크 페러노이는 어두운 객석에서 세상을 조율하고 있었다.

뮤지컬은 보름이 넘도록 꾸준한 행보를 이어갔고 스토크 페러노이도 그러했다.

푸스 푸스

아스팔트 위로 고양이가 사뿐히 내려앉았다. 부드러운 검은색
이었다.

새벽 2시가 다 된 때였고, 별다른 조명도 없는 아파트 단지 사
이의 골목이었다는 점에서, 그 검정의 깊이는 그리 흔한 것이
아니었다. 고양이는 병아리처럼 샛노란 중앙선을 꼭 움켜쥐고
서 나를 응시했다. 나는 소름이 돋았지만 고양이를 향해 쭈그
려 앉았다. 왠지 이번만큼은 고양이와 나 사이에 모종의 교감
이 있을 것만 같았기 때문이다.

나는 되도록 큰 몸동작을 피하려 했다. 혹시나 그녀가―나로
서는 고양이의 성별을 입증할 아무런 지식도, 근거도 없지만
그냥 느낌이 '그녀'였을 것 같다―놀라 달아나버릴까 하는

생각에서였다. (고양이의 입장에서는 나의 그러한 '배려'가 적잖이 가소롭고 우스꽝스러웠겠지만.)

사실, 그녀에게 나의 움직임은 그다지 큰 위협이 되지 못한다. 그건 나도 알고, 그녀도 아는 사실이다. 내가 어느 정도나 **빠**를지, 자기가 얼마나 **빠른지**, 고양이는 이미 파악을 끝낸 상태인 것이다.

"푸스, 푸스, 푸스, 푸스."

나는 어디선가 주워들은 방식으로 그녀와의 대화를 시도했다. 하지만 아무런 반응도 얻을 수 없었다. 오히려 그쪽에서 나를 관찰하고 있었다.

고양이는 잠잠했다. 그러나 벌어질 수 있는 모든 가능성을 치밀하게 계산했을 것이다. (당신도 아시겠지만, 고양이가 거미줄 같은 수염 끝으로 감지하지 못할 것은 '자기 자신의 비밀스런 움직임'뿐이랍니다.)

나는 허리를 구부린 채 조용히 일어섰다. 그리고 한 걸음 그녀에게 다가갔다. 돌아오는 건 무반응처럼 보이는 반응이었다. 나는 생각했다.

'이런 식으로 천천히, 그러나 마주한 눈을 떼지 않고 나아간다면, 저 신비한 검은색 털을 쓰다듬을 수 있을지도 몰라.'

나는 한 걸음을 더 내디뎠다.

열대야는 누군가의 현실을 빼앗아간다. 심지어는 도시의 콘크리트 거인들도 환영幻影에 시달린다. 나그네를 주저앉히고, 미지근한 맥주를 공원의 젊음에게 내민다. 그러나 고양이에게만은 아무것도 할 수 없다. 빛이 들지 않는 심연처럼 고양이는 차갑다.

고양이는 도시의 여름을 식혀준다. 만약, 매일 밤 이루어지는 고양이들의 보이지 않는 투쟁이 없었다면, 이 도시는 벌써 오래 전에 녹아내렸을지도 모른다.

나는 어느 이름 모를 별의 표면을 걷듯, 알 수 없는 인력을 느끼며 고양이와의 거리를 좁혀갔다. 나도 모르게 '유리드믹스Eurythmics'의 〈스위트 드림스Sweet Dreams〉를 흥얼거리기 시작했다. 나는 이 노래를(특히 전주를) 들을 때면 언제나 도살장이 떠오른다. 왜인지는 모르겠다. 그냥 계피의 맛처럼, 유쾌하지는 않지만 기억 속 깊이 새겨져버린 감각이다. 처음 이 노래를 들었던 아주 오래 전부터 지금까지, 그 느낌에는 변함이 없다. 드물기는 하지만, 나는 가끔 전혀 상관없을 것 같은 두 개의 대상이 내 안의 용광로에 던져지는 것을 경험한다. '유리드믹스'와 검은 고양이가 그렇게 함께 용해되려 하는 순간이었다.

그러나 내가 흥얼거리기를 멈추자, 고양이는 단 한 번의 도약으로 나의 시야를 벗어났다.

내가 말했다.

"기억하세요. 잠시라도 딴 생각을 하면, 당신은 고양이를 만질 수 없습니다."

마의 체크무늬 트라이앵글

파티가 끝나갈 무렵, 대부분의 사람들은 이미 인사를 나누고 있었지만, 체테르 보그스 씨만은 여전히 자리를 지키고 있었다. 물론 그의 진지한 태도에 이러지도 저러지도 못하는 몇몇 불쌍한 사람들도 그와 함께였다. 그들은 이 전대미문의 수다쟁이를 만나게 된 자신의 운명을 탓하고 있었으며, 어떻게 하면 그곳을 벗어날 수 있을지에 관해 고민 중이었다. 나 또한 그들 중 하나였다.

녹음실 엔지니어 겸 콘트라베이스 연주자인 엔타이 패니크 씨는 시종일관 말이 없었다.

그는 테이블보의 체크무늬와 그 위에 놓인 후추 병 따위에 느린 시선을 옮기는 일에 열중하고 있었다. 그 행동이 정확히 어떤 의도였는지는 아직도 잘 모르겠지만 한 가지 확실한 건, 모두들 그를 부러워했을 거라는 사실이다. 끝나지 않을 것 같은 재앙 앞에 그토록 시종일관 의연할 수 있었던 건, 그 둥그런 테이블에 둘러앉은 5명 가운데 수다쟁이와 콘트라베이스 연주자 단 두 사람뿐이었다.

엔타이 씨의 그 절묘한 시선처리는, 집요한 체테르 씨의 시선을 피할 수 있다는(그것은 일종의 구원이었다.) 점에서 부러움을 살 수밖에 없었던 것이다. 물론 이러한 행동을 함에 있어서 상대와의 마찰을 100퍼센트 비껴갈 수는 없는 노릇이다. 그러므로 만에 하나 닥쳐올 상대의 도발을 효과적으로 제압할 나름의 복안을 가지고 있지 않으면 안 된다. 아쉽게도 그것을 확인할 길은 없었지만, 필요했다면 엔타이 씨는 조금도 주저하지 않았을 것이다. 그 비책이 궁금했던 나는 체테르 씨가 그의 '천적'을 더 강하게 자극해주길 은근히 바라고 있었다.

'녹음실 엔지니어 겸 콘트라베이스 연주자'의 능률적인 침묵은, 마주 앉은 '수다쟁이'로 하여금 파트리크 쥐스킨트Patrick Suskind의 소설『콘트라베이스』에 관한 얘기를 더 이상 반복하고 싶지 않게 만들었다.

7시 방향에는 자칭 영화배우가 앉아 있었는데, 얼굴이 낯설었다. 아무도 묻지 않았지만, 그녀는 자신이 스물두 살이며 파메체이세르라는 이름을 가졌다고 했다.

형식적으로 고개를 끄덕이는 사람들에게 그녀는 머지않아 갖게 될 예명에 대해서도 비교적 자세한 설명을 해주었다. 나는 이 무명배우의 경력을 캐묻거나 하는 식의 경솔한 행동은 되도록 자제하기로 했다.

하지만 체테르 씨는 달랐다. 그의 거침없는 질문은 정화 없이 하천에 쏟아지는 섬유공장의 폐수 같았다.

"파메 씨라고 하셨나요? 제가 영화는 정말 많이 보는 편인데 솔직히 본 기억이 없네요. 실례지만 출연하신 영화 제목이 뭐였는지 여쭤봐도 될까요?"

그는 실눈을 뜨고서 취조하듯 물었다.

그러나 겸손한 배우는 동요하지 않고 친절하게 대답했다.

"아마 모르실 거예요. 〈지갑과 직업의 변천사〉라는 제목의 독립영화였어요."

체테르 씨는 파메 씨의 차분한 대답이 의외여서 약간 당황했지만, 공격(?)의 수위를 높임으로써 자신의 반응을 감출 수 있을 거라는 판단을 실천에 옮겼다.

"미인 선발대회에서 대답을 하는 참가자처럼 보이시네요. 허허."

그의 위선적인 웃음소리는 체크무늬의 테이블과 그 주위의 모든 것을 침묵시키며 씩씩하게 울려 퍼졌다. 그는 그 누구의 동조도 얻어내지 못하는 자신의 웃음이 그 꼬리를 감추자마자 다음 말을 이어갔다.

"제목이 마음에 드네요. 〈지갑과 직업의 변천사〉라……."

엄지와 검지로 턱을 쓰다듬던 그는 무언가 생각났다는 듯 검지로 파메 씨의 얼굴을 가리키며 총을 쏘는 시늉을 했다.

"혹시 그 영화에 〈펄스와 월렛〉이라는 밴드가 편의점에 든 강도로 나오지 않았나요? 그리고 주연은 자블레스 호메레스였고요. 맞죠? 야아! 우리가 뭔가 대단한 인연이 있나 보네요. 솔직히 제가 독립영화는 몇 편 못 봤거든요. 아니, 안 봤다고 하는 게 더 정확한 표현일지도 모르겠네요. 사실 전 개인적으로 독립영화에서 종종 느껴지는 난해함을 그리 좋아하는 편이 아니거든요. 물론 이것도 독립영화를 충분히 경험하지 않은 저의 선입견이나 편견일 수도 있겠죠. 하지만 표본조사라는 게 어느 정도 그 유효함을 인정받는 것처럼 저의 선입견도 그와 비슷한 맥락으로 볼 수 있지 않을까요? 아무튼, 제가 봐온 몇 안 되는 독립영화 가운데 파메 씨가 출연하신 작품이 있다는 게 놀랍기 그지없네요."

체테르 씨는 관객이 떠나 텅 빈 객석처럼 잠시 조용해지는가 싶더니 대뜸 그녀에게 물었다.

"그런데 당신은 무슨 역을 하셨나요? 제가 그 영화는 거의 외울 정도로 많이 봤거든요. 흠…… 이상하네요. 단역들도 이 영화의 매력이라는 생각 때문에 상당히 주의 깊게 봤는데……."

그는 고개를 갸우뚱하고는 마치 단서를 찾는 형사처럼 파메 씨에게 질문했다.

"혹시, 편의점 장면에 나오셨나요?"

그가 이렇게 묻는 데는 그믐한 이유가 있었다. 〈지갑과 직업의 변천사〉라는 영화에서 그가 등장인물의 얼굴을 모두 확인하지 못한 유일한 장소는 편의점뿐이었기 때문이다.

그러나 그것은 집요하기 짝이 없는 그에게도 그런 빈틈도 있구나 하고 감탄하기까지 할 문제는 아니었다. 편의점 안의 손님들은 밴드 〈펄스와 월렛〉이 "모두 엎드려!"라고 고함치기 전부터 이미 바닥에 엎드려 있었고, 그로서도 뒤통수만 보이는 영화 속의 사람들더러 얼굴을 보여달라고 할 수는 없는 문제였던 것이다.

사실 체테르 씨는 그 영화의 바로 그런 엉성하고 어이없는 연출을 좋아했다. 그는 짓궂었다. 그의 판단대로라면 파메 씨의 대답은 충분히 예견되는 것이었고, 그것은 사람들 앞에서 그녀를 당황케 하기에 충분한 것이었다. 그녀는 예의 없고 잔인한 수다쟁이의 눈을 잔잔히 바라보며 또박또박 대답했다.

"그럼, 절 보셨겠네요. 제가 그 '뒤통수들' 가운데 하나였으니까요."

인조장미 한 송이가 담겨진 작은 화병에는 체테르 보그스 씨의 입에서 튀어나온 침방울들이 말라붙어 있었다. 그것들은 샹들리에 불빛에 반짝이며 본색을 감추고 있었다.

파메 씨는 파티에 참석한 이들 가운데 자신의 삶을 수직상승시켜줄 누군가가 있을 거라는 믿음으로 모든 이를 대하는 입장이었지만, 그런 그녀에게조차 체테르 씨의 등장은 견뎌내기 힘든 도전이었다. 그녀는 기계적인 미소를 짓고 있었지만, 새어 나오는 한숨을 막을 수는 없었다. 체테르 씨는 이 야심찬 영화배우가 정한 마지막 과녁들 중 하나였으나, 그 자격을 서서히 잃어가는 중이었다. 9시 방향에 앉은 건 그녀의 남편이었다.

그는 자신의 아내를 위해 집에서 매일 5분 정도씩 연습해왔을 법한 미소를 얼굴에 고정시켜두었지만, 눈에서는 이미 초점이 사라진 지 오래였다.

나는 체테르 보그스 씨의 바로 옆 자리에 앉아 있었다. 그날은 정말이지 내가 아는 모든 이에게 전화를 걸었던 것 같다. 그것만이 유일한 피난이었다. 파티 플래너가 직접 다가와서 장내를 정리해야 한다고 얘기하자, 스스로를 깜찍하다고 생각하는 체테르 씨가 한쪽 눈을 찡긋하며 얘기했다.

"파트리크 쥐스킨트 좋아하세요?"

캐치 앤 릴리스,
물고기를 위함인가? 사람을 위함인가?

얘기 꽃을 피우다 보니 대화의 주제가 '캐치 앤 릴리스Catch And Release, 물고기를 위함인가? 사람을 위함인가?' 라는 것으로 자연스레 이어졌다.

스터 본야스키 씨는 동물애호가와 낚시인이 서로 대립각을 세워가기 시작하는 순간에도 말없이 우유 잔의 옆구리만을 만지작거리고 있었다.

그는 어느 누구와도 눈을 마주치지 않았다. 게다가 다른 사람의 말을 귀담아듣지 않는 것처럼 보였다. 간혹 예상치 못한 시점에 질문이 던져지기라도 하면, 그는 엉뚱한 대답을 하거나 무슨 얘기 중이었는지에 관해 되묻기 일쑤였다. 아무리 허튼소리를 들어도 처음부터 끝까지 "예. 맞는 말씀이죠. 헤헤."

하며 자신의 뒷머리를 쑥스러운 듯 긁어대는 것이었다.

그 모습은 나로 하여금 '진정한 자기 수양의 결과'일지도 모른다는 오해를 잠시 불러일으키기도 했다. 나는 그의 침묵을 지켜보았다. 나의 예리한 관찰은 그의 내면에 감춰진 분노와 냉소를 색출해내는 '리트머스 종이'가 되어주었다. 물론 대부분의 사람들은 그러한 사실을 알아채지 못했다. 어떤 사람은 현학적인 말과 자기도취의 과정에 그를 끼워넣었고, 또 어떤 사람은 자신의 유머를 위한 소품으로 스터 본야스키 씨를 선택했다.

술잔이 사람들의 손과 입 사이를 오가는 횟수가 늘어날수록 대화는 점점 더 산만해졌다.

알코올은 사람들을 스스로 무장해제하게 만들었다. 그들은 자신을 낯선 사람의 권모술수로부터 지켜줄 최소한의 격식을 '새로운 우정'이라는 명분에 팔아넘겼다.

예를 들어, 탈모가 심해서 갓 서른임에도 불구하고 마흔쯤은 되어 보이는 더스크 씨는 자신의 아내가 저지른 외도에 관해 비교적 상세한 설명을 했는데, 그 표정이 마치 오랫동안 아껴둔 귀한 포도주를 친구에게 선보일 때의 그것과도 같았다.

그것을 듣는 이들은 송곳니를 혀로 핥으며 새끼 양의 보드랍고 싱싱한 고기를 바라보는 늑대들처럼, 탐욕어린 눈으로 새로운 친구의 아내가 저지른 죄악을 상상하는 중이었다.

몇몇 사람은 그런 분위기를 틈타 음란한 농담을 주고받기 시작했다. 어느새 건설적이고 이성적이었던 토론의 장은, 심하게 부패되어서 구더기가 들끓는 이름 모를 동물의 시체가 되어 있었다. 불 위에 기름을 끼얹었듯, 누군가의 목소리가 커지면 다른 누군가의 목소리는 그보다 더 크고 험악하게 뿜어져 나왔다.

물론 그 자리의 모든 사람이 한꺼번에 이성을 잃은 것은 아니었다. 소수는 오히려 그런 상황을 통해 자신의 도덕적 면모를 더욱 돋보이게 할 수 있다는 사실에 내심 쾌재를 불렀다.

"잠깐만요. 여러분, 잠깐만요."

포크로 맥주잔을 두드리며 리퍼블 씨가 친절하게 주목을 끌었다.

"더스크 씨와 그의 부인은 제가 잘 알고 지내왔습니다만, 더스크 씨의 얘기는 조금 과장으로 들리는군요."

그의 점잖고 단호한 말에 남아 있던 잡담도 마저 사라졌다.

"최근에 밝혀진 사실이지만, 부인은 그 어떤 외도도 저지른 바가 없으며, 단지 곧 다가올 남편의 생일에 있을 깜짝 파티를 위해 몰래 그의 친구를 만났을 뿐이라고 합니다."

그는 잠시 말을 멈췄다. 그리고 인원을 확인하듯 각 사람과 천천히 시선을 맞췄다.

그 가운데는 여전히 우유 잔을 만지작거리는 스터 본야스키 씨도 있었다. 리퍼블 씨의 시선은 자신의 정의로운 행동에 아무런 반응이 없는 이 유일한 사람의 정수리에 좀더 오랜 시간 머물렀다. 그리고 그는 다시 입을 열었다.

"저는 오늘 사람이 마음을 연다는 것이 얼마나 아름다운 일인지를 여러분의 모습을 통해 깨달았습니다. 누군가가 남에게 말하기 어려운 사생활을 털어놓았을 때, 진정 그 당사자를 위로하고 보호해주려는 바로 그 '아름다운 모습' 말입니다."

리퍼블 씨의 냉소에 움찔하지 않을 사람은 그 자리에 아무도 없었다. 그는 잔잔한 미소로 조용해진 사람들을 향해 건배를 제의했다. 스스로도 감동받을 만한 멋진 연설을 해냈다는 것에 그는 가슴이 부풀어 있었다.

이제 리퍼블 씨는 좀비에 감염된 도시에서 지혜롭게 살아남아 나머지 생존자들을 규합하는 리더처럼 굴기 시작했다. 짧지만 감동적인 연설로 뜻밖의 위치에 오른 그는 그 자리를 지키고 싶어졌다. 그래서 군중의 마음을 사로잡기로 했다. 그 방법으로는 자신의 뛰어난 유머감각을 선택했다. 섬광 같은 묘책이 그의 머리를 관통했다.

그는 자신의 '성공적인 연설'에 경의를 표하지 않은 교만한 자에게 눈을 돌렸다. 그리고 그를(남들이 그랬듯이) 유머의 소품으로 활용하기로 마음먹었다. 그리하여 '모두의 즐거움'이라는 명분으로 개인적인 복수도 보기 좋게 해낼 거라는 계획을 세웠다.

리퍼블 씨는 스터 씨가 술을 마시지 못하는 점을 가지고, 점잖지만 웃지 않고는 배길 수 없는 유머를 선보였다. 거기에는 소품이 된 남자의 잔에 남은 우유와 체머리를 흔드는 핸디캡이 쓰였다. 사람들이 "와하하" 하며 대굴대굴 구르자 스터 씨는 쓴웃음을 지었다.

또다시 군중의 마음을 얻어낸 리퍼블 씨는 때로는 호령하듯, 때로는 광대처럼 시간을 지배했다. 그러는 동안, 그저 조용히 자리를 지키고 있던 한 사람은, 자신이 당한 뜻밖의 모욕을 어떻게 받아들여야 할지에 관해 생각하기 시작했다. 그는 누군가에게 떠밀리듯 히죽 웃었다가 이내 굳어지는 일을 반복했다. 그것은 이미 내게 감지된 바 있는 분노였다. 천박하기 짝이 없는 웃음들에 대한 냉소였다.

"맥주의 매력은 뭐니 뭐니 해도 거품이라오. 그 매력은 내가 쉬야를 할 때 절정을 이룬다오."

리퍼블 씨는 사팔뜨기를 한 눈으로 모두에게 즐거움을 한 번 더 선사하고서 화장실을 향했다. 그는 거쳐가는 테이블마다 부딪히며 비틀댈 만큼 많이 취해 있었다. 사람들은 그런 그를 손가락으로 가리키며 숨이 꼴딱 넘어갈 것처럼 웃어댔다. 더스크 씨는 아내의 외도를 얘기하던 사람답지 않게 아예 의자 사이 바닥으로 넘어져서 데굴데굴 구르는 중이었다.

그들은 급기야 자신들이 왜 웃는지도 모르고 웃는 지경에 이르렀다. 내가 그 광경을 지켜보며 술이 왜 광약狂藥인지를 새삼 깨달을 즈음, 스터 본야스키 씨가 슬며시 자리를 떠났다.

그는 조금의 흔들림도 없이(리퍼블 씨가 비틀거리며 용변을 보고 있을) 화장실 쪽으로 걸어갔다. 한참이 지나도록 두 사람은 자리에 돌아오지 않았다. 취할 대로 취한 사람들은 누가 자리에 있었는지, 혹은 있어야 하는지를 까맣게 잊은 상태였다.

스터 본야스키 씨의 예사롭지 않았던 눈빛에서 불길한 상상을 한 나는 곧장 화장실로 달려갔다. 그러나 거기에는 변기에 얼굴을 처박고 잠든 이름 모를 취객만이 버려져 있었다.

두 달 후, 다시는 술자리에 가지 않겠다는 결심이 누그러진

날, 나는 다시 모임에 나갔다.

내가 망설인 시간만큼 자리는 이미 화기애애해진 이후였다. 그 분위기를 이끄는 것은 변함없이 리퍼블 씨였다. 그리고 그 맞은편에는 아내의 외도가 오해가 아닌 사실이었음을 주장하는 더스크 씨가 서서히 목소리를 높여가는 중이었다.

그 옆에는 어느 누구와도 눈을 마주치지 않는 스터 본야스키 씨가 우유 잔의 옆구리를 만지작거리며 조용히 앉아 있었다.

오후 어느 시점에선가부터
점점 바람이 강해졌다

오후 어느 시점에선가부터 점점 바람이 강해졌다. 바다로부터 가깝기 때문인지 그냥 단순한 우연인지는 모르겠지만, 도무지 낚시를 할 수 없을 지경에 이르도록 바람은 그 기세를 더했고 나는 장비를 거두기로 결정했다. 피곤에 절어 차에서 잠을 자고 있던 A군과 B군을 깨웠다. A군은 눈을 뜨고도 아직 잠을 자고 있었고, B군은 눈을 감은 채 대답했다.

우리는 낚싯대를 거두고 주변을 정리하고 짐을 차에 실었다. 숙소로 가기로 한 건 해가 지기 시작할 무렵이었다. 시골길은 자동차에게 그리 우호적이지 않다. 그 길고 거친 굴곡을 끝까지 견뎌낸 자동차에게만 그 안으로의 진입을 허용한다.(떠나는 순간에도 그 태도에는 변함이 없다.)

숙소는 A군이 자신과 친하다고 하는 어느 형의 집이었다. 그는 오랜만에 도시로 나가고 집은 비어 있는 상태라고 한다. 내가 A군의 그 형을 만난 적이 없고 그 집도 처음이라서인지, A군은 차 안에서 이런저런 설명을 했다. 그 형이 집을 비운 사유라든가, 예전에 했던 일이라든가, 지금의 일이라든가, 전에 왔을 때 자신과의 추억 등에 관한 것이었다.

나는 오전에 낚시점 앞 자판기 커피를 마신 후부터 설사가 심했기 때문에 A군의 얘기를 귀담아들을 수 없었다. 게다가 깨끗한 화장실과 씻을 장소, 그리고 시원한 물이 있는 곳이라면 주인이 어떤 사람이건 나로서는 그저 고마울 따름이었다. 차가 흙먼지를 일으키며 멈춰선 곳은 허름한 시골집이었다. 일행을 먼저 맞이한 건 여러 모양의 나무토막으로 만든 탁자와 의자였다.

그 주위를 뱅뱅 돌며 싸움 같은 장난에 바쁘던 세 마리의 강아지들이 그 다음이었는데, 필요 이상으로 날 좋아해주는 것 같아 약간 당황스러웠다. 한 놈은 검은색 삽살개였고, 또 한 놈은 갈색 코카 스파니엘이었다. 그리고 나머지 한 놈은 여러 종이 섞인 모습이었다.

일반적 시골집의 것보다는 조금 넓은 재래식 화장실의 한복판에 도시에서 흔히 볼 수 있는 하얀색 좌변기가 놓여 있었다.

거기에 앉아 있으려니, 나무 문틈으로 강아지들이 마당의 자갈밭 위를 뒹구는 소리가 들려왔다.

마당으로 다시 나왔을 때 A군은 사랑방 옆의 아궁이에 불을 지피는 중이었다. 그 순간만큼은 나보다 세상을 훨씬 오래 살아온 사람처럼 능숙하게 움직였다. B군은 그제서야 겨우 잠에서 깨어난 눈을 찬 물에 씻고 있었다.

황토로 벽을 쌓아올린 그 집은 여러 개의 문과 공간을 가졌는데 모든 문에는 넉넉한 틈이 보였다. 사랑방 문에는 창호지가 발라져 있어서 안에서 불을 켜면 그 안에 있는 것들의 실루엣이 보였고, 아궁이가 있는 곳은 출입구가 있으되 문은 달려 있지 않았다.

밖에서 들여다보고 있노라니 본격적으로 타오르는 불꽃의 주홍색 빛이 황토벽에 춤을 추듯 새겨지고 있었다. 보는 것만으로도 온몸에 훈기가 전해졌다.

A군은 어느 틈엔가 마당의 탁자 위에 화로를 가져다 놓고 아궁이 안의 빨간 숯불을 몇 개 꺼내와 그곳에 차근차근 담았다. 그 위에 석쇠를 놓고, A군과 B군은 준비해온 삼겹살을 얹었다. 마당 한구석에 놓인 커다란 화분에서 상추도 몇 잎 따서

물에 씻었다.

뿌리째 뽑지만 않으면 그 자리에 새로운 상추가 다시 자란다는 말이 새삼 경이롭게 느껴졌다. 장작들이 타오르며 내뿜는 연기가 나와 A군과 B군과 삼겹살과 까만 색 삽살개와 갈색 코카 스파니엘과 또 다른 갈색 묘한 강아지와 그 시골집을 감싸안았다. 오랜만에 맡아보는 매운 연기였다. 고기를 먹다가 머리 위를 올려다보았다.

밤의 어둠으로 향하는 깊은 코발트블루 빛 하늘이 펼쳐지고, 그 한가운데 작고 밝은 빛 하나가 보였다. 나는 A군, B군과 함께 그것이 과연 별인가 아니면 인공위성인가에 대해 얘기했다. 내가 무심코 이런 집을 사려면 얼마나 들지에 대해 독백하듯 묻자, A군은 놀라운 비밀을 폭로하듯 땅값을 포함해서 1000만 원밖에 안 한다는 대답을 했다.

나는 그 1000만 원 '밖에' 라는 말에 동의할 수 없었지만, 집을 물끄러미 돌아보며 고개를 천천히 끄덕였다. 어차피 내게는 당장 적용될 리 없는 문제였고, A군과 집값의 합리성에 대해 논의하여 어떤 결론이 난다 해도 그로 인해 그 집의 가격이 바뀌거나 하진 않을 것이기 때문이었다. 무엇보다 나는 지쳐 있었다.

커피를 마실 수 있을까 하고 묻자 A군과 B군은 "물론이죠."라고 대답했다. 허름한 겉모습과는 다르게 집 안의 내용은 실속 있었다. 기울었지만 안정감 있는 황토벽으로 둘러싸인 부엌으로 들어가자, 냉장고와 밥을 지어먹을 수 있는 보온밥솥과 냉온수가 나오는 정수기가 있었다. 동선에 따라 자연스럽게 손에 잡히도록 식기와 각종 양념들과 취사도구들도 준비되어 있었다.

B군은 완전히 잠에서 깨어났는지 나에게 독특한 커피를 타주겠다고 했다. 그가 신중하게 커피와 알 수 없는 무언가를 혼합하는 동안, 나의 시선은 정수기 위의 벽에 걸려 있는 작은 액자에 고정되었다. 거기엔 하나의 문장이 있었다. 그것은 붓글씨였는데 그 집처럼 불균형의 균형을 지닌 묘한 서체였다. 불을 켜지 않았기 때문에 부엌은 제법 어두웠고 나는 문장을 자세히 보기 위해 얼굴을 액자 가까이 가져갔다.

"이렇게 살아도 되는 건가."

문장 자체는 길지도 않고 이해하기 어려운 것도 아니었지만 몇 번을 다시 읽었다. 우리는 유자의 향이 은은히 담겨 있는 커피를 들고 다시 마당으로 나왔다.

이제 하늘은 검푸름과 별 밭이었고 논으로부터는 어느 틈엔가

셀 수 없이 많아진 개구리의 울음소리들이 점점 가까이 들려왔다. 나와 A군과 B군이 사랑방에 들어가 전구를 켜고 앉았을 때 아랫목에는 이미 따끈한 온기가 전해져오고 있었다.

A군은 집주인이자 자신과 친한 형에 대한 얘기를 한 번 더 들려주었다. 이번엔 귀담아들어야지 하고 그 얘기에 집중했다. 나보다 한 살이 더 많고 한때 무용을 했으며 지금은 지역 자치단체에서 운영하는 장소에서 레크리에이션 강사를 하고 있다고 했다.

동시에 그는 음악도 한다고 덧붙였는데, 그런 여러 가지 재능이 그의 실재감을 많이 떨어뜨리기도 했지만, 사람의 부재는 그에 대한 전설 같은 신비감을 만들어내는 것이기에 그냥 듣는 그대로를 받아들이기로 했다.

나는 살면서 그런 대화를 심심찮게 하게 되는데, 그럴 때마다 세상은 알 수 없는 넓이를 지녔고 나는 작다는 것을 새삼 느낀다. 약속이라도 한 듯 어느 순간 대화는 멈췄고, 우리는 나란히 누워 천장을 바라보았다.

황토의 질감이 그대로 드러난 지붕의 안쪽 면이 두꺼운 나무 뼈대에 기대어 있었다. 한쪽 구석에는 거미줄과 거미가 보였다. 그곳에는 사람의 것과는 다른 시간이, 다른 템포로 흐르고 있을지도 모른다고 생각했다.

주인 없는 시골집 사랑방의 아랫목 온기는 우리에게도 공평하게 따뜻했고, 문 밖 개구리들의 울음소리는 그칠 줄을 몰랐다. 그 순간 나는 A군이 말한 이 집의 값어치에 동의할 수 있을 것도 같다고 생각했다.

눈을 감았다. A군과 B군과 마당의 강아지들이 내는 자갈밭 위 발자국소리와, 멀리서 아련히 들려오는 기차의 울음소리와, 바람과 별빛 혹은 인공위성 빛과, 부엌에 걸려 있는 액자 속 문장과, 아궁이 속 불씨의 호흡소리가 나를 낯선 잠의 세계로 이끌었다.

바나나 우유

별을 바라보는 시간이 길었던 나이. 나는 아홉 살이었다. 물론, 세상의 모든 소년이 그러하듯, 나도 매일매일 열심히 뛰노는 무리에 속해 있었다.

집 앞에는 우리를 위해 꽤 넓은 공터가 놓여 있었다. 거기에서 나는 다른 사람의 물건을 내 것으로 만드는, 그러니까 구슬치기나 딱지 따먹기 따위의 일에 몰두했으며 때로는 비밀스런 탐험을 하기도 했다.

왜냐하면, 적어도 나보다 열 살은 많아 보이는 그 공터의 흙이 그 아래 깊숙한 어딘가에 비밀스런 상자 하나를 숨겨놓지 않았을 리 없기 때문이었다.

나는 개인적으로 그 안에 100원짜리 동전이 가득 들어 있길 기대했다. 만약 그렇게만 된다면, 동전이 빼곡한 상자를 캐내기만 한다면, 나는 징 박힌 축구화를 살 수 있을 터였다. 한 걸음 한 걸음 발을 내디딜 때마다 "차박차박" 소리가 나는 신발. 상상만으로도 나는 참 행복했다.

솔직히 말하면, 상자 속의 돈이 내게 해줄 일은 단지 '징 박힌 축구화' 뿐만이 아니었다. 나에게는 "차박차박" 소리를 내며 걷는 동안 맛있게 먹을 바나나 우유가 필요했다.

내가 이것을 부자로서 가져야 할 두 번째의 것으로 정한 이유는, '덕싱'이라는 형의 습관 때문이었다. 그 형은 중국에서 온 아저씨의 아들이었는데, 매일 해가 질 무렵이면 가게 앞의 가로등 아래에서 예외 없이 바나나 우유와 보름달 빵을 먹었다. 나는 술래잡기를 하면서도 그 형의 손에 들려져 있는 '이 세상에서 가장 맛있는 음식'에서 눈을 떼지 못했다. 빵이 점점 작아지고 우유가 빨대를 통해 그 형의 입 속으로 빨려들어가는 과정을 나는 물끄러미 바라보았다.

성공적인 발굴가가 축구화와 바나나 우유와 보름달 빵에 이어 가져야 할 것은 어항이었다. 나는 학교와 우리 동네 사이를 가로지르는 도로의 오르막을 "차박차박" 걸어 오를 참이었다. 그렇게 10분 정도 가게 되면 화원이 하나 나온다. 아스팔트가 아무리 뜨거워도 그 앞에만 서면 시원한 숲의 냄새가 흐르는. 그 숲속에는 넓고 긴 수족관이 하나 있는데, 빨간 붕어와 까만 붕어가 행복하고 여유로운 몸짓을 느릿느릿하기에 좋아 보이는 공간이다. 사실 나는 엄마에게 집요하게 매달려서 빨간 붕어 한 마리를 가진 적이 있다.

화원 아주머니가 변덕스런 나의 손가락 끝을 따라, 수족관 여기저기를 뜰채로 휘젓고 나서야 결정된 친구였다. 투명하고 부드러운 비닐봉지에 물이 가득 담기고, 빨강 붕어는 그 안에 "퐁당" 들어가서 잠자코 자신의 새 운명을 받아들였다. 그러나 집에 와서 내가 느낀 건 붕어를 향한 미안함이었다. 어항이 없는 나는 그 친구를 누렇고 찌그러진 대야로 안내했다.

예쁜 조명과 풍부한 산소, 고향처럼 꾸며진 넓은 수족관에 살던 빨강 붕어를 그렇게 초라하게 만든 것에 나는 한없는 죄책감을 느꼈다. 그래서 생각했다. 언젠가는 꼭 멋진 어항을 갖고 싶다고.

공터는, 흙은 그렇게 한 소년을 꿈꾸게 했다. 겨울을 지나 봄이 되자, 공터에는 변화가 찾아오기 시작했다. 모래가 산처럼 쌓이고 대낮에는 거구의 벽돌더미가 응달을 만들었다. 한 밤 자고 두 밤 자고 하다 보니, 반듯한 건물이 그 위에 자리를 잡아갔다. 그렇게 나의 탐사계획은 물거품이 되어버렸다.

나는 밤이 깊어가도록 벽돌을 열심히 쌓았다. 달빛에 음영이 드러나는 나의 아폴로 우주선이 제법 멋져 보였다.

하루키의 〈무즙〉 속 낙타 사나이의 실존

그러니까 제 말은

정말 솔직히 말하면

당신의 그 말만큼은 공감할 수 없다구요.

그러니까 제 말은

당신의 그 말만큼은 공감할 수 없다구요.

그러니까 제 말은

그러니까 제 말은

공감할 수 없다구요.

그러니까 제 말은

당신의 그 말만큼은

공감할 수 없다구요.

그러니까 제 말은

그러니까 제 말은

그러니까 제 말은

공감할 수 없다구요.

그러니까 제 말은

공감할 수 없다구요.

그러니까 제 말은

그러니까 제 말은

그러니까 제 말은

공감할 수 없다구요.

그러니까 제 말은

공감할 수 없다구요.

그러니까 제 말은

그러니까 제 말은

그러니까 제 말은

공감할 수 없다구요.

그러니까 제 말은

공감할 수 없다구요.

왜냐구요

사랑하니까요.

이
소
라
：

'……아무리 사랑하는 사이라고 해도 잠의 세계로 들어가는 상
대를 막을 수는 없다. 나는 때가 되면 잠들어야 하는 내 사랑하
는 사람들과 나의 숙명에서 잠시 슬픔같은 것을 느낀다.……'

달에서 온 편지 가운데서 〈Closing time〉

멜로디 없이 글 만으로도 누군가의 마음을 사로잡을 수 있다
면 나는 가수가 아니라 글 쓰는 사람이고 싶다.

규찬의 책을 읽다보니 그가 만든 노래를 부를 때와는 다른 모
습의 사람이 보인다.

이 책에서는 편안하고 구체적으로 설명된, 친절한 규찬의 생
각을 읽을 수 있다.

그동안 음악으로 표현한 조규찬의 이야기들은 모자란 내가 마음 내려놓고 듣기에 빈틈이 없었다.

조규찬이기에 가능한 기막힌 음에 대한 컨트롤이 부러웠고 마음을 다 드러내지 않는 그의 새침함은 너무 가까이 다가오지는 말라고 흔드는 손짓 같았다. 책을 읽고 난 후 조규찬은 내게 '조금 풀기 쉬운 문제'가 되었다. 싱숭생숭한 봄바람에도 끄덕 않던 내 마음을 그네 태운 규찬의 글 솜씨에 대해서 걱정도 해 본다.

찬아. 네가 음을 다루는 것처럼 자유로이 글을 주무르게 되는 날이 오더라도 지금처럼 노래를 만들고 부르기를 멈추진 말아 줘. 첫 책이 태어나게 된 걸 진심으로 축하해.

유희열…

예민한. 신경질적인. 명료한. 따뜻한. 유쾌한…

언제나 규찬이의 노래를 듣고 있노라면 4분이라는 그리 길지 않은 시간 속에서 너무나 많은 감정들이 전해진다.

수많은 밤을 새가며 마음속의 멜로디를 기워내 만든 그의 노래처럼 단어 하나마다 말줄임표 하나마다 '나는 조규찬이야' 하고 말을 거는 듯하다.

〈다시 태어난다면 뭐가 되고 싶은가?〉 라는 질문을 한 적이 있다.

나는 어른이 되지 않는 일곱 살 소년이라고 대답했다.

내 기억속의 일곱 살 소년은 자유롭다.

삶에 있어서 가장 중요한 것은 성취가 아닌 자유이다.

자유를 위해 성취한다고 말할 수도 있겠지만, 사람은 항상 시간보다 한 걸음 느리다.

어쩌면 나는 음악을 통해 받은 혜택만큼 음악 자체의 행복은 세상에 반납해 왔는지도 모르겠다.　'원구' 中

늘 꿈을 꾸는 소년에게서 배달된 '달에서 온 편지'

마치 보물지도처럼 길을 안내해주는 수많은 노래목록들.

그리고 그 길을 따라가다 보면 만나게 될 지워진 나의 기억들.

꿈을 꾸지 않는 나에게 규찬이는 나즈막히 노래를 불러준다.

자유와 음악과 사랑을 얘기한다.

그리고…

웃고 있다.

달에서 온 편지

초판 1쇄 인쇄 2009년 6월 26일
초판 1쇄 발행 2009년 7월 1일

지은이 조규찬
펴낸이 김환기
기 획 김영훈
펴낸곳 도서출판 이른아침

주 소 서울시 마포구 마포동 324-3 경인빌딩 3층
전 화 02-3143-7995
팩 스 02-3143-7996
등 록 2003년 9월 30일 제 313-2003-00324호
이메일 123@booksorie.com

ISBN 978-89-93255-30-0